博物馆惊魂夜

东海一族 著

長江出版傳媒 | 长江文艺出版社

图书在版编目（CIP）数据

博物馆惊魂夜 / 东海一族著. -- 武汉 : 长江文艺出版社, 2024. 12. -- ISBN 978-7-5702-3806-4

Ⅰ. I246.7

中国国家版本馆 CIP 数据核字第 2024DW5124 号

博物馆惊魂夜

BOWUGUAN JINGHUN YE

责任编辑：雷　蕾　　　　责任校对：程华清

封面设计：颜森设计　　　　责任印制：邱　莉　胡丽平

出版：长江出版传媒 | 长江文艺出版社

地址：武汉市雄楚大街 268 号　　　　邮编：430070

发行：长江文艺出版社

http://www.cjlap.com

印刷：武汉市首壹印务有限公司

开本：880 毫米×1230 毫米　1/32　　　　印张：6.75

版次：2024 年 12 月第 1 版　　　　2024 年 12 月第 1 次印刷

字数：158 千字

定价：45.00 元

自 序

从2017年至今，六年多时间，我已经出了四本书，其间酸甜苦辣，如鱼饮水，冷暖自知。虽然距离我原定的目标还有不小的差距，但对于一个只能利用八小时之外的时间来进行业余创作的写作者来说，我觉得自己已经尽力了。

前面四本书都是长篇小说，而第五本书则是一部中短篇小说集，对我也算是创作上的一个尝试和挑战。当然最主要的原因，是近两年琐事缠身，我很难抽出固定的时间去写长篇，毕竟一部长篇从酝酿构思、搜集素材到投入写作，没有一两年的时间很难搞定。在这段漫长而艰苦的过程中，写作者就像一个孤独的马拉松选手，自己给自己打气，一路朝着目标奋进。但是，生活中永远会有意想不到的事情打乱一个业余写作者的节奏，导致计划中的长篇最终变得遥遥无期。这也是为什么我第一本小说《武魂》用了八年才完稿的原因。

相对于长篇小说而言，写中短篇小说的自由度和灵活度就高了不少，因为篇幅较短，涉及的人物不多，故事情节也相对简单，因此写起来会从容很多。最妙的是可以见缝插针，利用每天的碎片化时间写上几百字，用几周或一两个月的时间攒一篇出来，甚至可以集中一个周末，一鼓作气整一个短篇出来；写完后马上给自己放空一段时间，轻松一下。这对于一个在写长篇时经常处于高度紧张状态的写作者来说，无疑是个很好的调剂。所以我想，以后如果没有碰到特别好的可以作为长篇小说的素材，我还是多写点中短篇吧。

收入集子里的八篇小说，有科幻的，有悬疑的，有爱情的，有修行的，每一篇都代表了我在某一方面的尝试。当然成功与否，只能留给读者来评判。这其中，我特别想提的是《警察和外星人》。

《警察和外星人》这个中篇源自我给女儿讲的一个睡前故事。女儿小时候有段时间是我哄她睡觉，而她每次都要我讲一个睡前故事。一年下来，我讲了上百个小故事，感觉都要黔驴技穷了。有一天，我一时想不到更好的故事，干脆现编了一个，故事围绕着一个意外降落地球的外星人遇到一个警察展开。由于是现编现造、即兴发挥，所以这个故事断断续续讲了大半个月才讲完。而唯一的听众给予了高度好评。看到女儿这么喜欢，我就想，要不把这个故事整理成小说吧。但当时我正在全力创作青春成长小说《海关新来的年轻人》，精力顾不过来。一直等到 2021 年初，我才有机会开始这个关于外星人的写作计划。

涉及外星人，照理说应该是科幻小说，但对一个典型的文科生来说，科幻是我的弱项。好在科幻有“硬科幻”

和“软科幻”之分，硬的我写不了，那就写点软的吧，毕竟柿子要捡软的捏。

动笔伊始，我雄心勃勃，想和前四部小说一样，写成一个长篇。但是写了几万字后，我发现故事已经讲得差不多了，如果硬着头皮抻长了写，虽然也能抻成个小长篇，但那和不少疯狂注水的网文也没多大差别，还是见好就收。于是，这篇小说的篇幅最终控制在了5万字以内。

在我看过的科幻小说中，刘慈欣的《三体》对我影响最大。因此在创作《警察和外星人》时，一开始我曾构思了这样一段话，想把它作为主题：人类一直期待着外星人的出现，并用无数的科幻作品假想着这一历史时刻的到来。但是，任何一个足够理智的科学家都应该想到，如果有一天，外星人突然造访地球了，那绝对不是一件好事，反而可能会引发人类的灭顶之灾，因为那意味着一个有能力对地球文明实行降维打击的外星球文明终于出现了！

虽然想法很好，但是最后出来的成品却与我原先的设想大相径庭，而这段话也完全没有用上。这足以说明，文学创作本身并不完全以作者的意志为转移，随着故事的发展，人物和主线都会发生一系列的变化。这也正是文学创作最有趣的地方。

在娱乐方式越来越丰富，而实体书的读者越来越少的当下，有时我也会困惑，付出了大量的时间和心血，这么辛辛苦苦地写书，有什么意义？

幸运的是，碰到过好几次，在陌生的场合，突然有人走到我面前，用真诚和钦佩的语气说："王老师，你新写的那本书真好，我想和你聊聊！"

这种时刻，让我觉得为写作付出的一切都是值得的。

东海一族于广州

2023年春

目　录

黄老板的传记

1

华子电话打来的时候，阿成正在吃泡面，这已经是他一周内吃的第六桶泡面了。

“喂，兄弟，最近忙吗？”

“还行吧。”阿成嘴里敷衍着，朝书桌下一只探头探脑的小强狠狠踩了一脚。

“给你介绍个项目，有兴趣不？”

“啥项目？”阿成一下来了精神。

“我认识一个姓黄的老板，生意做得很大。昨晚跟他在饭桌上聊起来，他想出本传记，就是没找到合适的人代笔。我马上想到哥们儿你了。怎么样，这活能接吧？”

“我只写过小说和散文，没写过传记啊。”

“你担心啥？天下文章一大抄，你去弄两本《李嘉诚传》《邵逸夫传》什么的琢磨一下，模仿那个路子，就照小说的写法来弄，不就成了？”

阿成犹豫了一下，问：“他能给多少钱？”

“二十万字，半年内交稿，出版那一块你不用管，润笔费十万。”

“少了点吧。”

“兄弟，这价钱不少了。你要不干的话，我可去找别人了。”

“行吧，我干！”

“这就对了。等会儿我给黄老板回个电话，约好时间咱们和他见个面，把这事给定了。”

电话挂了后，阿成长叹了口气，毕业六年，换了四五份工作，没有一份能干得长的，要么是被公司当廉价劳动力无休止加班自己愤而辞职，要么是遭遇行业危机公司大面积裁员自己被迫“毕业”走人。最郁闷的一次是在某家教培机构干了一年多，待遇、环境各方面还不错，都以为工作稳定下来了，没想到他又失业了。这之后的一段时间，阿成也懒得出去找工作，整天窝在出租屋里码字。上午写鸡汤文给各种报刊自媒体投稿，下午写连载网文发到终点网上，到了晚上，算算当天已经完成写作定额，就去楼下的苍蝇馆子叫上一盘菜、一碗面、一瓶啤酒，一个人自斟自饮，感觉就像古龙笔下落魄江湖的浪子。

自由撰稿人的生活看似无拘无束、散漫随意，但一年多下来，阿成发现自己撑不住了。首先，日更五千字的写作量真不是普通人能完成的。不过半年时间，写了五十多万字的网文后，阿成感觉自己快要被掏空了，没办法，只好一边模仿抄袭其他网文写手的情节套路，一边拼命给自己的小说注水。其次，想靠码字养家糊口实在是太难了！虽然阿成现在已经变身码字狂人，每月能有三五篇文章被刊发，网文也有个数十万的点击率，可全部收入加一起也不过六七千，除去房租、水电和基本开销，每月剩下的不到一千。再这样下去，真的只能逃离北上广了！

想到这里，阿成打定主意，等会儿就去网上找几本名人传记看一看。不管怎样，这次是个机会，一定要把握住！

2

华子约了阿成周五上午十点在财富广场二十八楼的办公室和黄老板面谈。九点四十五分，两人在财富广场一楼大堂碰上头。

一见面，华子拍了下阿成肩膀道：“你穿得这么正式，搞得像是去相亲。”

“人家好歹也是个大老板，我穿正式点是为了表示尊重。”

“也是。等会儿见了面你不要太拘谨，我之前向黄老板介绍，说你出过几本书，写过数百万字的作品，是国内文坛的后起之秀。他对你很感兴趣。”

“这有点过了吧，万一人家较起真来岂不穿帮了？”

“你有真材实料，怕什么！你刚参加工作那会儿不是出过本小说吗？你后来在网上发的网文不也有几十万字了吗？做人呐，一是要有自信，二是要会包装，这样人家才看得起你。”

阿成苦笑着摇了摇头。大学刚毕业时他找的第一份工作是在一家文化公司做编辑，他借着工作便利，和公司对口的印刷厂负责人混熟了，然后假公济私把自己大学时创作的青春小说《莫欺少年穷》印了五百本，到处派送亲友。虽然实际上是没有正规书号的地下出版物，不过在当时还是小小满足了一下他的虚荣心。没想到作为大学室友的华子还记得这事。

一路聊着，两人过了门禁，坐电梯上到二十八楼。这一层是“星宇传媒有限公司”的总部，总裁就是黄老板。

见到前台小妹，华子马上一副自来熟的口气道：“美女，我叫郑华，我们和黄老板约了上午十点谈事情。”小妹看了两人一眼，打了个内线电话，没一会儿一个长得有点像佟丽娅的白领丽人飘然而至，微笑道：“我是黄总的行政助理赵颖，黄总手头有些事情还没处理完，我带你们先去会客厅休息一下。”说着在前引路，带两人去到会客厅。

赵颖去上茶的工夫，华子坐在沙发上不停地刷手机回信息。阿成在会客厅里走了一圈，打量着四周的布置，除了茶几沙发外，厅内最显眼的就是挂在四面墙上的玻璃罩内的书画作品，有启功题写的《天道酬勤》，有范曾画的《牧童放牛图》，而名头最大的无疑是一幅齐白石的《松柏苍鹰》，八尺见方，十分醒目。

没想到能在这里见到齐白石的大作，阿成忍不住凑上前去，想瞧个仔细。这时，赵颖领着位中等身材、一脸富态的男子进来道："黄总，两位客人已经在这里了。"

华子仿佛弹簧一样从沙发上跳起来，迎上去握着黄老板的手道："黄总，我把沈作家给您请过来了。"

黄老板和阿成握了个手道："久仰，久仰，沈作家真是年轻有为呀！"

华子又补充道："您别看沈作家年轻，他可出过不少作品。"说着朝阿成使了个眼色。

阿成犹豫了一下，还是从提包里拿出一本书来，恭恭敬敬地递给黄老板："黄总，这是我以前写的一本小说，请您多指正。"

黄老板接过书，扫了眼封面道："《莫欺少年穷》，嗯，这名字挺有意思！"说着将书递给身后的赵颖道，"好好看一看，跟沈作家学一学。"赵颖接过书，好奇地翻了起来。

等黄老板落座后，寒暄了几句，阿成便直奔主题："黄总，我听说您想出本书，不知有什么可以为您效劳的？"

黄老板喝了口茶，跷起二郎腿道："我今年五十四，在商海打拼也有三十多年了，回顾这半生走过的路程，我有不少感悟，所以想整理成一本书，也算是给家族里的后辈子侄们总结些经验教训，让他们少走点弯路。"

华子竖起大拇指道："黄总您这格局，真不是一般人能比的！"

说话的工夫，阿成赶紧从公文包里拿出录音笔调好，又拿出采访本和笔，准备边听边记。

见阿成一副准备就绪的样子，黄老板笑道："沈作家，我这本书呢，想打造成一部传记精品。但是我现在想法还不成熟，想听听你有什么思路。"

黄老板这么突然一说，阿成吃了一惊，但好在他头天晚上做了些功课，于是强作镇定道："黄总，一般常见的人物传记，主要分为杰出领袖、军事统帅、文化大家和商界精英这几大类。而您，毫无疑问属于商界精英的范畴。我们的写作思路呢，主要是围绕'苦难童年''白手起家''初露锋芒''一战成名''笑傲江湖''大爱无疆'等几个章节来展开。这样起承转合，渐入佳境，像小说一样引人入胜。"

黄老板赞道："不愧是作家，思路很清晰。不过我听你刚才讲的几点，给人感觉我打拼事业阶段似乎都比较顺风顺水。其实商场如战场，哪有那么多一帆风顺的时候，我可是经历了不少挫折和低谷，这些你也要适当写进去。"

阿成赶紧附和道："这个当然，我们会设计一个章节叫作'披荆斩棘'，里面就有您经历过的各种困难和考验，一定会凸显您身上的传奇色彩！"

黄老板哈哈大笑道："你们恐怕不知道，我还坐过牢呢！"

阿成和华子交换了一个眼神，一时不知如何回应。

见阿成表情有些尴尬，黄老板摆摆手道："你们放心，我坐牢不是因为什么坑蒙拐骗、作奸犯科，纯粹是因为兄弟义气，替人做担保，结果受了牵连。"

华子见机得快，急忙道："那我们可以设计两章内容，一个叫'无妄之灾'，一个叫'英雄本色'，刚好体现您这种不被任何困难所压倒的豪杰气概！"

见黄老板脸上流露出满意的笑容，阿成抛出一个问题："黄总，您这本传记内容非常丰富，前期要做的访谈和资料搜集相当费工夫，我粗略估算了一下，光前期访谈就需要一百个小时以上。"

"这么长时间？"

"黄总您日理万机，抽出这么多时间来恐怕不太现实。我有一个折中的办法，就是根据您的时间安排两到三次的上门采访，您跟我讲一讲您的主要经历。其他细节部分，您可以让秘书给我提供一些相关资料，比如公司的宣传文案、您平时的讲话稿等，我再尽可能从各种途径去搜集资料——包括您家乡的风土人情，亲朋好友对您的评价，还有媒体对您的报道等，最终把您塑造一个有血有肉有情怀的商界巨子形象。"

"哈哈，沈作家果然专业，讲得头头是道！"

华子赶紧趁热打铁："黄总，这个写作周期比较长，沈作家还要去您家乡实地采访，前期有些开销是免不了的。您看能不能先预支两成稿费，我们也好解决粮草问题？"

黄老板点点头，冲侍立身后的赵颖道："你等会带沈作家去财务那里，签完合约后，支取两万块，作为前期开销。"赵颖应道："好的。"

阿成和华子交换了一个会意的眼神。

3

一小时后，两人离开了黄老板的办公室。

进电梯后，见里面没有别人，华子搂着阿成肩膀道："兄弟，我给你介绍这项目不错吧？"说着把手一伸。

阿成看他架势，就知道是要好处费，问道："要多少？"

华子嬉皮笑脸道："自家兄弟，我也不多要，你就给我一成好了。"

阿成犹豫了一下，还是摸出一万给了华子。

想到好不容易才到手两万块，转眼就少了一半，阿成不禁摇了摇头。

华子看出了他的心思，说道："钱财乃身外之物。兄弟你把黄老板这本书弄好了，往后咱们还有大把赚钱的机会。"

阿成苦笑道："谢你吉言。"

两人从电梯出来没走几步，身后突然传来一个清脆的声音："沈作家，请留步。"回头一看，却是赵颖，手里还拿着阿成的书。

"沈先生，黄总把书给我了，我想请您签个名，可以吗？"

"没问题。"阿成正要从包里拿笔，不料赵颖已经将书和签字笔递了上来。

也许是极少碰到当众给人签名的情况，阿成写字时感觉自己手有点发抖。写完后，带着歉意道："不好意思，字没写好。"

赵颖扑哧一笑道："我觉得挺好的。"

和赵颖道别后，见阿成还在望着赵颖的背影发呆，华子打趣道："怎么，有想法了？"

"去你的。"

接下来一个多月的时间，阿成看了十几本名人传记，搜集整理了近百万字的与黄老板有关的资料——当然最重要的还是上门给黄老板做了三次专访。干货准备得差不多了，剩下的就是埋头苦干、闭门造车了。

对于这次写作任务，阿成拿出当年备战高考的劲头来，从第二个月起，给自己制订了个“百日倒计时”的计划表，规定每天必须雷打不动地完成两千字的写作定额，他计划在第五个月完成二十万字左右的初稿，最后用预留的一个月时间进行修改完善。

为了心无旁骛地写书，阿成把在终点网上连载了半年多的网文《花心杀手》也停更了，每周除了去一次图书馆查找资料，以及去两次超市购买日常生活用品外，其余时间几乎足不出户，一门心思扑在写作中。

传记开篇好说，先用个几千字的篇幅把黄老板家乡的物华天宝、人杰地灵好好夸一番，尤其是祖屋前那块乾隆年间的进士牌坊、祖屋后那棵百年历史的大榕树，都要浓墨重笔地写一写。接着笔锋一转，上溯千年，讲到黄老板的祖宗。所谓龙生龙凤生凤，黄老板这样的成功人士，祖上自然不会是无名之辈，据考证，黄老板乃是北宋著名文学家、书法家黄庭坚的第三十七代孙，祖上名人辈出，家族开枝散叶。到了民国初年，为了躲避战乱，黄老板的曾祖父带着一家老小从湖南迁到了广东佛山，靠着做小生意白手起家，慢慢打下偌大一片家业。最鼎盛时期，黄家在佛山祖庙一块拥有半条街的产业，外号“黄半街”。所以黄老板能够在商界如鱼得水，绝对是有家族遗传基因的。

讲完祖上的威风史后，马上进入黄老板的少年时代。这一块虽然着墨不多，但也要突出重点，比如说黄老板从小天资聪颖、机智过人。初中劳动课时老师带班上学生去池塘挖淤泥，见塘边一群青蛙叫个不停，老师便让学生们以青蛙为题作一首诗。同学们一个个大眼瞪小眼，不知所措。这时黄同学站出来，脱口道：“池塘数只蛙，热闹一大家。虫儿不敢过，声声催入夏。”老师大加赞赏，称其日后必成栋梁。写到这一段时，阿成大费踌躇，虽然这故事是黄老板和他亲口所讲，不过这首诗黄老板只记得开头第一句“池塘数只蛙”，后面的无论如何都想不起来。没办法，阿成只好绞尽脑汁，帮金主续完了这首附庸风雅的《咏蛙诗》。

写作过程中少不了会碰到拦路虎，首当其冲的便是所有成功人士都避不过去的“第一桶金”问题。访谈时，黄老板兴致勃勃地讲起了自己当年的辉煌发家史：二十世纪九十年代初，黄老板出差到深圳，一次逛街时偶然发现路边矗立着很多高大的白铁皮金属罐。一打听，黄老板才知道，里边装的都是做饲料用的大豆，当地人告诉他，深圳的大豆都是从香港运过来的，而香港的大豆不少是从东北运过来的。在当时因为海运受限和国家政策问题，来自东北的大豆只能从香港转运去深圳。这也导致收购价很便宜的大豆，到了深圳价钱就翻了三倍多。黄老板看到其中的商机，心动不已，于是跑去海运局，说服他们开辟北方航线。黄老板当时手里没钱，于是就让对方先发货，自己半年之后再结清。就这样，不过半年多的时间，黄老板通过空手套白狼赚差价就赚了四百多万元。

“这就是我下海挖的第一桶金，干干净净。”黄老板提起此事颇为自豪。

阿成半信半疑，本想继续问下去，却见黄老板打着哈哈转移了话题，只好不再深究了。回到家里，想到这个重要问题，阿成始终搞不明白其中关键，于是上网查了下黄老板的家世背景。一查之下，这才知道，原来黄老板可不仅仅是在海运局局长家里坐了一天，而是一周之内上门数次，凭着一张三寸不烂之舌，把人家家里的闺女都说动了，最后海运局局长成了他岳父，并同意为他做担保人。

谜底揭晓了，不过这种“功夫在诗外”的事肯定不方便写到传记里，而且黄老板已离婚多年，他的前岳父十多年前就去世了。本着为尊者讳的原则，阿成把相关内容做了技术性处理，总之他笔下的黄老板就是一个独具慧眼、敢为人先、草根逆袭的商界奇才。

4

如果说第一只拦路虎还比较好对付，那么第二只拦路虎可就让阿成一筹莫展。这次的难题是，如何描写黄老板遭遇的牢狱之灾？

之前黄老板曾提过，在创业初期，因为兄弟义气而被连累，导致身陷囹圄。对于成功人士来说，这自然是一段黑历史，可是作为传记又不能不写进去，这就很考验捉刀人的文字水平了。而且麻烦的是，访谈时黄老板讲得兴起说漏了嘴，阿成这才了解到，坐牢一事可不仅仅是因为兄弟义气被连累那么简单，期间牵扯到同行陷害、兄弟反目、债务纠纷和桃色新闻等诸多情节，这一详细写起来，没个几万字还真交代不清楚。可要照实一写，黄老板这“监狱风云二十月”的内幕可比他的创业史精彩和狗血多了，于是好好的一个成功人士，马上画风一变成了道上大哥，这样的传记可没办法过审啊！

阿成绞尽脑汁也想不出怎么写这一段，没办法，打开电视遥控器，随手一个个频道换来换去，就当是给紧绷的大脑放松一下。

突然，阿成手停住了，目不转睛地看着电视，上面放着周润发的代表作《英雄本色》，小马哥正对着豪哥说出那段经典的对白。

一时间，阿成仿佛醍醐灌顶，兴奋得跳到了沙发上。为了怕灵感倏然而逝，他赶紧打开笔记本，键字如飞地写起来：

正当公司走在高速发展的路上，意想不到的事情突然发生了。因为手下一个分公司经理处事不力，连带着黄大有作为法人代表受连累，被牵扯到一宗旷日持久的经济纠纷中，虽然最后全身而退，却还是因为这件倒霉事而身陷囹圄，耽误了一年的时间。

黄大有好不容易从泥潭中走出来，拍拍身上的灰尘，振作疲惫的精神，准备大展拳脚。但是他突然发现：他一手创建的公司，竟然已经不属于他了！

原来，在黄大有最艰难的时候，他曾经的好拍档竟和公司的法律顾问相勾结，趁他与外界失去正常联系之际暗做手脚，将公司股份和资产全部转于两人名下。作为公司创始人的黄大有，一夜之间，几乎倾家荡产！

经历了这一惨痛教训，黄大有终于明白了江湖险恶、人心叵测。那一刻，他想起了港片《英雄本色》中的一句话："我失去的东西，我一定要拿回来！"

虽然公司没了，资金没了，但是凭着"黄大有"这三个字，一周内他便拉出一支几十人的队伍来；凭着在朋友圈中急公好义的名声，和数年间在业内创下的良好口碑，在知道他的情况后，有朋友主动借钱给他渡过难关，有客户找上门来拿着订单说非他做不可……那一个个雪中送炭的朋友，黄大有都深深刻在了心底！

接下来的两年时间，黄大有卧薪尝胆、奋发图强，很快便东山再起，新开公司的规模已经超过了当年……

看着这用春秋笔法简明扼要写出来的“铁窗岁月”，阿成忍不住狠狠给自己点了个赞：“沈成，你还真是个人才！”

5

两个月下来，阿成已经写了十几万字的初稿，但写到“大展宏图”这一章时，他发现手头资料不足，没办法写下去。于是和黄老板联系，希望能再做一次上门采访，同时搜集一下相关资料。

不料，听完阿成的请求后，黄老板没有像之前那样爽快答应，而是回道：“最近我公司正在搞装修，你过来采访可能不太方便。要不这样吧，你给个地址，我明天让人把资料给你送过去。”

阿成一听觉得也行，便一口答应了。只是他没有想到，第二天给他送资料过来的竟然是赵颖。只见她穿着身杏黄色的吊带连衣裙，和在公司时穿的职业套装风格迥异，整个人显得青春活泼外又多了几分性感。

见阿成一脸惊讶的表情，赵颖笑道：“怎么，不欢迎我吗？”

阿成赶紧解释：“不是，我只是没想到会劳烦你亲自送过来。”

“公司里现在一堆事，大家都忙得不可开交，就我手头闲一点。再说，我也想来大作家这里学习学习。”

阿成不好意思地摸摸后脑勺道：“屋子里都没收拾，乱得很。”

“总好过大学男生宿舍吧？”

阿成住所很久没有来过外人了，沙发上乱七八糟摆满了书和资料。眼见除了他平时常用的电脑椅外，家里找不出第二张椅子来，情急之下，阿成指着还算干净的床对赵颖道：“要不你坐床上吧。”

话一出口，阿成猛然意识到有点不妥，但想要收回却也来不及了。还好赵颖没有放在心上，就在床沿坐下了。

为了掩盖自己的尴尬，阿成赶紧去给赵颖冲茶。等到他冲好茶端过来的时候，发现赵颖拿着一沓打印稿看得咯吱直笑。阿成定睛一看，原来赵颖正在看他给黄老板写的传记。

“你笑什么？”

“你真不愧是个作家，居然把黄大有写得这么厉害！”

听赵颖对老板直呼其名，阿成有点奇怪，不过也没多想，随口应道：“黄老板是挺厉害的，从白手起家做到这么大公司，这种拼搏精神，我觉得挺值得我们年轻人学习的。”

“呵呵，他起家才不是靠自己呢！”

听到赵颖不以为然的口气，阿成打趣道：“英雄不问出处，对老板可不能这样哦！”

赵颖意识到有些不妥，马上转换话题道：“大作家，我认真拜读了你那本小说，写得太好了，看到最后的悲剧结尾，我眼泪都下来了。”

阿成愣了一下，很久没有人和他聊这本不为人知的处女作。没想到赵颖不仅认真看完了，而且还产生了共鸣。

“小说里面的故事都是真的吗？感觉很像是你的亲身经历。”

阿成犹豫了一下道：“艺术来源于生活，而又高于生活。书里的故事，虽然有一部分是真实的，不过大部分都是艺术虚构。我要真照书里面那样的活法，就不可能是现在这样子了。”

“那你为什么不继续在文学创作这条路上走下去呢？”

阿成双手一摊：“你瞧我现在住的这鬼地方，就知道靠文学创作是没办法养家糊口的。”

“那你现在岂不是为五斗米折腰？”

“没办法，物质决定意识，总得先把肚子填饱吧。”

“你把自己说得这么可怜，那要不给我个机会今晚请你吃饭吧，我可是你的粉丝哦。”

“怎么能让女生请吃饭？今天必须我请你！”

晚上两人就在附近的湘菜馆“洞庭人家”吃的晚饭。饭桌上，两人谈笑风生，还喝掉了半打啤酒。也许是从来没有碰到过一个如此欣赏自己的读者，阿成大有如获知音的感觉，几乎把自己从小学到工作以来遇到的趣事和糗事都讲了一遍，甚至在酒精的刺激下，把自己两次失恋的痛苦经历都和盘托出。而赵颖也给他简单讲述了自己的身世：出生于一个单亲家庭，读大学时母亲因为一场意外的车祸而去世了，毕业后找工作不太顺利，最后兜兜转转来到现在这家公司，从文员一路做到总裁助理。

“你现在工作挺好的，我看黄老板蛮照顾你的。”

“唉，不说他了，今天很开心，我们再来一杯！”在赵颖的提议下，两人又碰了一杯。

临别时，阿成本想送赵颖回家，却被她一句“你酒量还没我好，你还是先顾好自己吧”给堵了回去。看着赵颖坐上的士向他招手远去，阿成心里明白，他已经永远没法把这个美丽女孩的模样从脑海里抹去了。

6

接下来的一段时间，在埋头码字的空隙，阿成常常会想起赵颖喝酒时的样子，想得狠了，他便忍不住想约她出来喝酒。可是每次编好微信准备发出去的一刻，他又改变了主意，改为发去一节新写的黄老板传记样稿。他不知道为什么自己没有胆量发出邀请，也许是害怕被拒绝之后心情波动，没办法继续后面的写作。还好每次他把新写的样稿发过去后，十分钟内都能收到赵颖的点评。令他印象最深的是这句："你把他写得这么好，搞得我都怀疑我每天见的和你笔下的是不是同一个人！"他不知道怎么回答，只好发了个"呵呵"的表情包。

虽然生活中永远不会缺少意外，但是阿成的写作过程似乎没有碰到什么意外，甚至比原定计划还早了一星期完成二十多万字的初稿。接下来当然是要给金主审核了，阿成怀着忐忑不安的心情将初稿发给黄老板后，得到一句"辛苦了，我看完后再给你反馈"的回复。

不料等了一个星期，没有任何动静。阿成用微信和短信问了几次，黄老板却杳无音讯。阿成有点纳闷，拨通了黄老板手机，不料听到的却是"您所拨打的电话暂时无法接听……"

阿成急了，种种不好的猜测立刻像雨后春笋般冒出来。他恨不得马上就赶到黄老板公司去看看到底是怎么回事。他心急火燎的时候，突然想到了赵颖，顿时冷静下来，一个电话打过去："你们黄老板最近不在吗？"

电话那边明显停顿了两秒钟，然后答道："他去北京出差了，要等一段时间才能回来。"

阿成急道："那我的稿费怎么办？传记我写完了，还有八万块什么时候能给我？"

"你把账号告诉我，我跟老板请示一下，看能不能让财务那边先支给你。"

"拜托了，我现在手头有点紧，就等着这钱吃饭呢。"

"拿到钱你可要请客哦。"

"必须的。"

挂掉电话后，阿成还是坐立不安，一方面他有种不祥的预感，总感觉黄老板那边像是出了什么状况；另一方面他听赵颖的语气里似乎没有什么异常。想来想去，他决定先等等看。

还好没让他等太久，第二天一早阿成就收到一条银行转账短信提醒，他打开自己的账户一看，上面果然多了 8 万元的转账，备注一栏还注明了"传记尾款"。他不由得喜出望外，赶紧给黄老板发了个"谢谢老板"的表情包，又给赵颖发了条微信："非常感谢！晚上有空吃个饭吗？"前者没有回他，后者倒是秒回了他一个"OK"的表情包。阿成顿时心花怒放。

没想到临近中午的时候，华子突然找上门来，一见面就痛心疾首道："兄弟，实在对不住啊，我没想到会出这岔子！不过你放心，我一定想办法给你介绍一个更好的项目来挽回损失。"

阿成被他弄得莫名其妙，问道："你说什么？"

华子瞪大了眼睛看着他："你没看网上新闻吗？黄老板因为牵扯到一宗经济诈骗案被抓了，我刚去他公司看了，整个人去楼空，就剩下一地垃圾。"

"什么？"阿成大惊失色，"我才收到黄老板转过来的稿费！"

华子一脸不可思议："黄老板昨天就被抓了，他怎么还可能给你转账？"

谜底终于在晚上吃饭时由赵颖揭开了。几杯酒下去后，赵颖脸上已是人面桃花，她看着阿成欲言又止的样子，笑道："你有什么话就说吧？"

阿成盯着赵颖的眼睛道："我听说黄老板出事，被警方带走了。"

"是的。"

"那八万块钱是谁转给我的？"

"是我。"

"你为什么要这样做？"

"黄大有是我父亲，他欠你的，我替他还。"

阿成仿佛五雷轰顶，半天才反应过来道："你姓赵，黄大有怎么会是你父亲？"

"黄大有和我妈离婚后，我就改跟我妈姓了。大学毕业后我找工作不太顺利，黄大有让我去他公司里做事。虽然我不喜欢他，但他毕竟是我在这世上唯一的亲人！"

沉默了一会，阿成终于说出了他前半生最勇敢的一句话："我想做你的亲人，可以吗？"

赵颖没有回答，一滴泪水从脸上滑落，落在啤酒杯中。

相亲劫

在29岁之前，易芸一直对相亲抱着不屑一顾的态度。在她看来，相亲这么既老土又自掉身价的方式，只有那些颜值低、学历差、工作一般的“困难户”才会考虑，像她这种才貌俱佳、毕业于985高校、又在一家互联网大厂工作的优质女青年，对另一半的要求决不能低。单就单着呗，宁缺毋滥。再说了，中国的男性比女性多了3000多万，像她这样妥妥就是婚恋市场上的优质股，还愁找不到白马王子吗？

可惜现实是残酷的，一直等到29岁生日那天，守株待兔的易芸也没等到自己的意中人，反而眼睁睁看着身边那些危机意识强的姐妹们，要么一个个步入婚姻的殿堂，要么开始了“三年抱俩”的节奏。转眼间，曾经的闺蜜天后团，相夫的相夫教子的教子，就剩下自己茕茕孑立、形影相吊。

痛定思痛，易芸从失败中悟出了一条教训：在一线城市，优质男青年永远都是稀缺货；而再优质的女青年，如果不抓紧时间，很容易被剩下来，毕竟，时间对女人比对男人更残酷无情！

想清楚这一点后，易芸毅然决然地踏上了相亲之路。可是不到一年的时间，在见过三十多个相亲对象之后，易芸发现很难碰上中意的。这些相亲对象，要么是手里盘着紫檀串、保温杯里泡枸杞，偏偏还自我感觉良好的油腻中年男；要么是一身暴发户做派，浑身散发着铜臭味的拆二代；要么是不到三十便谢顶，因为加班还晚了半小时来赴约的苦逼程序员。好不容易碰上两个家底殷实、相貌周正、工作也不错的小伙子，约了一次后就没下文了，看样子是没瞧上自己。这可把易芸急坏了，发际线都往后多移了几毫米。

在一次又一次的打击后，易芸不得不把自己对另一半的条件降低了很多：身高不再要求一米八以上，只要过了一米七二就行；有房有车不再是硬性标准，只要是本地户口，市区房在供就行；对收入没有太高要求，只要每月按揭完还能剩下两万元就行；至于长相帅不帅不要紧，只要看着顺眼就行……

这个周六下午，易芸去见她的第三十六个相亲对象。这人是老妈牌友张大姐介绍的，是张大姐的侄子，叫张恒，在一家不大不小的地产公司做营销总监。周五两人才加的微信，简单寒暄了几句后，约在了周六下午见面。

按照易芸以往的风格，一般会比约定的时间晚个五分钟左右到，一来借此考验一下男生的耐心和涵养，二来身为女生多少也得矜持一点。不过放到现在，她已经没有兴致去玩这些小心思了，毕竟打工人时间都很宝贵，大家还是惜时如金、开门见山的好。

易芸掐着点到了约定的天翼广场西门的“星宇咖啡”，找了个靠窗的位置坐下，点了杯蓝山咖啡。

约的是三点，可等到三点十分也不见有人过来。易芸按捺住心中的火气，给张恒发了条微信：“你在哪？怎么还不过来？”

等了两分钟才等到张恒的回复：“不好意思，我今天有急事来不了，咱们改天再约吧。”

相亲这么多回，还是第一次碰上这种临时爽约不来的，易芸只觉得心中一万只马呼啸而过，可所有骂娘的话到了嘴边，最后发出去的微信还是淡淡两个字：“好的。”没办法，被社会毒打了这么多年后，她早已明白做人留一线、日后好相见的道理。

今天的相亲算是彻底泡汤了，易芸沮丧地喝了口咖啡，起身准备买单走人。这时一个身材高大的男子突然出现在面前，彬彬有礼道：“请问你是易芸吗？我是张恒的表弟张辰。”

易芸一怔，正主儿没到，却突然冒出个表弟来，这是怎么回事？她仔细打量了下张辰，目测对方比自己高了大半个头，那一米八五是少不了的。个子高倒也罢了，关键是小伙子相貌堂堂、身材健硕，外形条件无可挑剔，简直就是一个行走的荷尔蒙。

易芸只觉得心跳有些加速，声音不自觉变得温柔起来：“张恒怎么没过来？”

“是这样的，”张辰一边说，一边自然而然地在易芸面前坐下，“不瞒你说，我表哥有个学艺术的女朋友，谈了好几年，但他爸妈死活不同意。于是他只好明面上和女友分手了，并答应参加相亲，但他实际上并不打算出来。”

易芸冷笑道：“原来张恒是把我当挡箭牌来着，既然他不想和我见面，那就直说好了，何必耽误我的时间！”

“这事是我表哥做得不对，你千万别放在心上。”

易芸余怒未消，也不打算再听他多解释，站起来准备走人。

张辰急了，起身伸开双手拦住她道：“我代替我表哥来相亲，成吗？我可是百分之百的单身！”

易芸吃了一惊，相亲还能这样玩法？可一看张辰认真的样子，不像是在开玩笑。

张辰见易芸一脸狐疑，忙解释道：“今天上午，我表哥和我说了约你相亲的事，他让我代替他来赴约，说反正我也单身，不如做件好事。本来我并不想答应，但他把你的照片给我看，我看了第一眼就动心了，所以……”

张辰话没说完，易芸已经觉得耳根有点发烫。看模样，张辰应该比她还小两岁，被这样一个小鲜肉撩一下，自己感觉腿脚都有点发软了。

虽然内心狂喜，不过易芸还是尽量控制住表情，淡淡道：“怎么我看照片你们俩表兄弟长得一点都不像啊？”

“那当然，我比他帅多了！他那长相，肯定不入你法眼。像我这样，应该还凑合吧？”

易芸听了，扑哧一笑。张辰招手把服务员唤过来，又叫了杯蓝山咖啡。两人天南海北聊起来。

以往相亲的时候，往往三句话一过，易芸便会旁敲侧击地打听对方的家庭情况、居住条件、工作单位等，但今天这些直奔主题的话她一句都没说，反而和张辰谈论了半天外星人。

其实一开始两人聊的是电影，因为易芸知道最近正在热映一部新片《书店情缘》，朋友圈里口碑很不错，所以特意提了提，潜台词也很明显，就是晚点要不要一起去看场电影。这对她来说，已经是难得的主动暗示了。

不过张辰似乎对看电影兴趣不大，并没有接她的话茬。

眼看气氛要冷下来，易芸赶紧没话找话道：“这咖啡馆装修挺有意思的，感觉就像置身于浩瀚无垠的银河系中。”

张辰一下来了兴趣道：“这是一家以外星人为主题的特色咖啡馆，装修就是要让顾客有置身于外太空的感觉。”

“是吗？”易芸环视了一下四周，发现咖啡馆内居然是冷色调设计，室内从吊顶、墙壁到吧台，放了无数个外星人公仔或模型，从美国电影里的 E. T.，到国产片里“疯狂的外星人”，千奇百怪，应有尽有。

易芸感叹道：“这家店的老板还真有意思，居然会开这么一家另类的咖啡馆！”

张辰笑道：“我就是这家店的老板。”

易芸吃了一惊，问道：“你怎么想到开这样一家店呢？”

张辰没有回答她的问题，却反问了句：“你相信这个世界上有外星人吗？”

易芸犹豫了一下，本来她是压根不相信世界上有什么外星人的，不过看样子张辰是个外星人发烧友，自己要是实话实说的话，估计这天没法聊下去了。于是她轻轻拂了拂刘海，说道：“世界这么大，宇宙这么浩渺，有很多未知的东西我们都不知道，包括外星人在内，可能一直都存在，只是我们没有见到罢了。”

易芸没想到，自己一番话居然把张辰的话匣子打开了。接下来近两个小时的时间里，他都在滔滔不绝地讲着各种关于外星人的话题，从宇宙大爆炸到多维度空间，从UFO（不明飞行物）到人类与外星人的接触，等等，讲得易芸完全没有插嘴的机会。

不过还好，虽然易芸内心觉得这样的话题有些无聊，但张辰那张帅气逼人的脸实在让她没法将目光移开。就冲着他这张迷死人不偿命的脸，她觉得就算他对她大讲特讲清朝十大酷刑，她都能欣然听下去。中间她脑海里甚至冒出这样的念头，就算张辰一文不名都没关系，她可以养着他，谁叫他帅得不像地球人，一出场就打动了她的心。

正当易芸想入非非地意淫着自己以后如果和张辰结婚了，生的小孩会长得像谁多一些的时候，张辰突然问道：“你注意到你八点方向的那两个黑衣人了吗？”

易芸没反应过来，直到张辰伸手向她示意了一下，她才注意到自己左后方六米开外坐着两个一身黑衣黑裤的男子。那两人刚和服务员结完账，其中个子高的那人朝易芸扫了一眼，便和同伴一前一后地出去了。

易芸觉得纳闷："这两人怎么了?"

"你不觉得他们很奇怪吗?"张辰喝了口咖啡，接着道，"来咖啡馆的一般是情侣或单独的男女，两个男人在咖啡馆里坐半天，算是比较少见。并且这两人几乎没交谈，一个在看报纸，一个在刷手机，不过目光一直都在关注我们这边。"

"他们是坏人吗?"易芸不由得紧张起来。

"那倒不一定。不过我这个咖啡馆经常会有一些莫名其妙的客人过来，比如一口气点了十杯咖啡，一个人默默喝了一整天的神秘女郎；还有拿着个 DV，连续一周坐在靠窗边位置拍摄路人的所谓导演……总之，形形色色的人都有。"

"他们中间说不定就有外星人呢?"易芸忍不住幽默了一把。

张辰眸子里仿佛有一道星光闪过，但倏忽即逝。他叹了口气道："可惜我等了这么久，也没有见到一个!"

因为张辰晚上还有事，两人聊到五点半后便道别了。想到没能借晚饭机会进一步加深了解，易芸心里多少有些惆怅。但想到张辰向她发出的周日约会的邀请，她心里又美滋滋的。

本来这将是非常美好的一天，如果不是晚上十点多朋友圈里疯传的一段视频吓到了易芸——市中心天翼广场突然发生爆炸，火光冲天，而爆炸的中心位置正是"星宇咖啡"。视频是路人随手拍摄的，时间是晚上 9：58。

看过视频后，易芸赶紧用手机拨了张辰的电话，里面传来的是"您拨打的电话暂时无法接通"。易芸来不及多想，赶紧打车赶到天翼广场。警方在事故现场布置了防护栏，外面则是围得水泄不通的吃瓜群众。好不容易从人群的缝隙中看到里面的情景——“星宇咖啡”的位置已是一片废墟，白天所见的人和物都荡然无存。

易芸只觉得脑子里嗡嗡作响，整个人都要站不稳了。她强撑着再次用手机拨了张辰的电话，依旧无法接通。她不甘心，又拨了张恒的电话。这次电话倒是很快接通。易芸连珠炮似的问：“张恒，我是易芸，你表弟张辰在哪里？我要找他！”

“张辰？张辰是谁？我不认识这个人！”

易芸气急败坏道：“不是你让你表弟张辰今天去相亲的吗？你怎么会不认识他？”

“我真不认识这个人，我也没有张辰这么一个表弟。你搞错了吧！”

挂断电话后，易芸只觉得精神恍惚，为什么张恒会把所有关于张辰的事情推得干干净净？难道真的没有这么一号人？可自己下午明明是和张辰在一起的呀？

易芸越想越理不出头绪来，这到底是怎么一回事？

就在这时，易芸只觉得右肩被人拍了一下，她回头一看，只见身后是一个一身黑衣黑裤的高个男子，正是下午她相亲时在一旁窥视她和张辰的两名黑衣人中的一个。

易芸又惊又喜。但还没等她说话，黑衣人道：“我知道你想问什么，我们去那里坐下来聊吧。”说着指了指几十米外马路对面的一家必胜客。

两人进了必胜客。刚坐下，易芸便提出一连串的问题：“你是谁？你知道张辰在哪里？”

黑衣人拿出一个黑色证件在易芸面前展示了一下，正色道：“我隶属于×处下面的一个特殊部门，我可以回答你的问题，但你必须先告诉我你和张辰的交往情况。”

易芸定了定神，看了看黑衣人的眼睛，只见他的目光里有着一种不容置疑的力量，于是不再犹豫，将自己和张辰相亲的事情和盘托出。讲完后，她焦急地问："我知道的都已经告诉你了，你现在能告诉我张辰的情况吗？"

"我可以告诉你一些相关情况，不过你一定要保守秘密，免得给自己带来不必要的麻烦。"

"我会的！"易芸忙不迭地答应。

"我说过，我是在一个特殊部门工作。近期技术口截获了大量不明信号，我们奉命调查。经过一个星期的排查，我们发现信号源在星宇咖啡附近，于是把目标锁定在其老板张辰身上。"

"他有什么问题？"易芸吃惊道。

黑衣人向她做了个噤声的手势，随即压低声音道："我们感觉张辰的行为举止和正常人有点不一样，于是对他进行了 24 小时监控。不料今天下午在咖啡馆时，他突然找到你，并和你聊了一下午。我们在旁边，没看出什么异常来，就先撤了。但是没想到，今天晚上，张辰就乘坐飞碟离开了地球。"

"乘坐飞碟离开地球？"易芸几乎不敢相信自己的耳朵。

"是的，今晚的爆炸实际上是飞碟升空时产生的能量爆燃引起的。有人拍到飞碟照片发到网上，不过都被我们删掉了。根据我们的分析，张辰应该是外星人，无意中降落到地球上，而这家星宇咖啡正是他联系同类的一个据点。"

易芸一副目瞪口呆的表情。好不容易回过神来，她又问了一个问题："你说张辰是外星人，那他为什么要和我相亲？"

"原因很简单，当时在咖啡馆，他感觉被我们盯上了。为了迷惑我们，他就冒充张恒的表弟和你相亲，而这一招也确实骗过了我们。"

“可他怎么知道我是来相亲的?”

“哦，你进了咖啡馆后，他就注意到你了。你看微信和打电话时，他在你身后几米处，你的信息完全被他掌握了。毕竟，对于他们这种文明等级远超过我们的外星人来说，做到这些并不难。”

“可是……”易芸还有无数个问题想问。黑衣人挥手打断了：“我能告诉你的只有这些，今天的事情就到此为止。你记住，一定要保守秘密!”说着，他起身头也不回地走了。

从必胜客出来时，易芸只觉得脑袋格外沉重，仿佛里面装了太多的东西，以至于无法负荷。再看看街对面，看热闹的人都已散去，警方正安排工人用塑钢板搭建临时屏蔽墙。从还没完全搭好的一角看过去，可以看到“星宇咖啡”的原址留下一个直径二十米左右的环形大坑，中间是一片狼藉的瓦砾和焦土。这一切记录着当天发生的那些不可思议的事情。

易芸抬头看了看天，天边有一颗星星似乎在向她眨眼睛。她不禁想起了张辰的那句话：“可惜我等了这么久，也没有见到一个!”

警察和外星人

1

许林一直觉得这个世界上有外星人，毕竟宇宙中有无穷无尽的星球，不可能孤零零的，只有地球人存在。可以想见的是，在距离地球若干光年的某个星球上，同样会有类似人类的高等生物存在——早在读小学时，许林脑子里就已经充满了关于外星人的胡思乱想，分析起来，也许是那时年幼无知的他看了太多《飞碟探索》的缘故，而那些陈旧过时的杂志都是他当修车工人的父亲年轻时的收藏。

一晃十几年过去了，许林没有实现成为宇航员的童年理想，也早已将遇见外星人的种种想法抛到了九霄云外。现实中的他成了一名普通的基层片警，最常做的事是帮东家去找患了老年痴呆症独自外出失踪几天的老奶奶，帮西家受了惊吓蹿到六楼室外空调机上下不来的宠物犬安全落地……每天被各种或鸡毛蒜皮或烦心狗血的琐事忙得脚不沾地。一天下来，他最轻松的时光，就是睡前打开阁楼的天窗，躺在吊床上仰望着浩瀚无垠的星空，任思绪发散到数万光年外的某个星球上。

说起许林家的阁楼，还真是一个奇葩的设计，照死党周伟的说法，就是脑子进水被开发商给坑了——总面积不过四十余平方米的一室一厅，紧凑得恨不得将卫生间塞到厨房里；就这点空间，开发商还安排了所谓的复式结构，强塞了一个说是“可以看星星的阁楼”，屁大点地方，放只猴子进去都嫌挤。不过许林还真就一眼看中了这套带阁楼的顶层小户型，算了下总价不太贵，于是咬咬牙，将工作几年的积蓄全投进去，加上家里的支持，终于将这个小房子供了下来。于是，这个小阁楼成了许林每晚睡前“诗意的栖息空间”——虽然城市的夜空很难看到星星，不过许林还是享受这种能够仰望星空的感觉。

陪许林一起看星星的还有只不太黏人的龙猫，名字叫糖糖。这只龙猫除了一双漆黑发亮的眼睛外，浑身雪白，没有一根杂毛；加上平时深居简出，很少出笼活动，十足的高冷范儿。这只龙猫是许林前女友伍允出国前分手时留给他的唯一纪念。分手三年多，他已慢慢走出失恋的阴影，所有带有前任痕迹的东西几乎都被他清理掉，只有这只一起养过的龙猫，他舍不得扔，还一直养着。可惜糖糖不会说话，要不然陪着他孤独终老，他觉得似乎也没什么不好。

生活不是做梦，终归要回归现实。工作四五年的许林面临着他这个年龄单身狗的同样问题——找对象。承蒙身边一帮热心大哥大姐的关照，每个月许林都要赴几场相亲会。最近一年，他见过二十来个女孩，白领职员、教师医生、会计律师，三教九流、高矮胖瘦，应有尽有。可大多数见过一次面后便没有下文。说实在的，许林的外在条件还不错，身高腿长，相貌端正，单位也还行。问题是女孩们一听说他干的是片警，每月供完房后剩下的钱不到五千块，老家还有个中风多年的父亲要照顾，马上打了退堂鼓，之后便不了了之。这样的情形遇多了，许林也灰了心，后面朋友同事介绍的相亲都能推则推。不过周六这场相亲实在是推不掉，因为所里的马大姐说把人家姑娘已经约好了，时间地点都没得改，许林只好硬着头皮出来见一见。

约见面的地方是思域咖啡厅，东峻广场一楼。约的三点，许林提前一刻钟到了，选了个斜对门靠墙的位置坐下。这是他的一个小习惯。他小时看过不少乱七八糟的书，其中一本讲某个江洋大盗，在馆子吃饭时必定坐在对门靠墙光线较暗的位置上，这样一来便于观察门口动静，二来不用担心背后有人偷袭。整本书许林就记住了这个细节，结果自己不自觉也学上了。

时间还早，许林从手机里调出姑娘的照片，仔细端详起来。彼此还没加微信，都是靠马大姐做中转。许林发过去的是自己的一张大头照，对方发过来的却是一张手里捧着花束的生活照，不过鲜花挡住了大半张脸，做不到完整的人脸识别。从五官轮廓来看应该是个美女，而且是个警惕性很高的美女。夏梦，挺好听的名字，给人无限遐想。

许林正对着照片胡思乱想，突然发觉面前多了个身影，一句问候随风而来：“你是许林吧？”许林一边应着，一边起身迎接。站在他面前的是一位身材修长、打扮时尚的妙龄女郎，不用猜，这应该就是他要等的正主夏梦了。

见到夏梦第一眼，许林就愣住了，半天说不出话来。对方长得漂亮也就罢了，关键是和他高中时暗恋的一个女生长得太像了，如果不是夏梦嘴角多了一颗美人痣，他都要怀疑是否同一个人。

见许林一脸的目瞪口呆，夏梦忍不住问：“你发什么呆呀？”

许林这才回过神来，解释道：“你和我高中时一女同学长得太像了。”

夏梦笑着摇了摇头，似乎觉得许林在用这种老旧的路数和她套近乎。接着她扬了扬手，示意服务生过来，也没看菜单，直接点了杯摩卡咖啡。许林连忙来了句，我也要杯一样的。

许林有个小毛病，和陌生女孩说话时容易无端地紧张，如果对方是漂亮女孩就更紧张了，想来这也是他以前相亲老是出师未捷身先死的一个重要原因。可奇怪的是，在工作中接触到形形色色的人，像小偷、强盗、瘾君子、诈骗犯之类人物，许林反而不会紧张，也许是身上穿的警服给了他足够的底气。

两人坐下来有一会儿，许林仿佛大脑突然死机了一般，不知如何开口。还是夏梦打破了沉默："你今年多大了？"

"二十七岁。"

"我比你大两岁，看来马大姐没做好功课。"

话说到这个份上简直就成了尬聊，某种意义上这场相亲似乎就要到此为止了。就在这时，许林突然灵光一闪，不假思索来了句："我妈比我爸也是大两岁。"

夏梦扑哧一笑道："那他们生活得幸福吗？"

许林道："挺好的。他们现在就盼着我赶快结婚，他们好早点带孙子。"

"所以你是被逼婚的？你自己对于结婚的想法倒不是很迫切？"

"那倒不是。只是一个人过久了，我现在越来越不喜欢孤独的滋味。"

许林这句话似乎说在了夏梦的心上，她轻轻点点头，若有所思道："哪里会有人喜欢孤独，不过是不喜欢失望罢了。"

许林自然而然地接道："就算很多时候会以失望告终，但我们内心还是渴望去寻找朋友。就像《小王子》里说的那样，即使快死了，有个朋友也是快乐的。"

夏梦愣了一下，仔细打量着许林，似乎从他眼里看到了什么奇怪的东西。

许林被她看得有些不好意思，头一低，突然想起来自己漏了相亲中一个必不可少的环节，于是赶紧道："我差点忘了介绍一下自己的情况。"

夏梦笑了笑道：“你的个人情况我基本都掌握了。”

许林有点纳闷，再一问，原来对方和自己是半个同行，许林的表情马上变得有些复杂。两人之间的气氛顿时微妙起来。夏梦也看出许林的状态不太对，于是将手机放进包里道：“我还有点事，要不我们今天就到这里吧。”

许林听她口气，明白两人这场相亲怕是无疾而终了，讪讪笑了笑，说道：“外面好像要下雨了，我开车过来的，要不我送你一程吧。”

隔着玻璃窗能看到室外是一片黑云压城的景象，看样子，一场暴风雨马上就要来临了。夏梦犹豫了一下，点头同意了。

2

两人上了车，许林开动车不久，铺天盖地的雨就浇下来。许林聚精会神开着车，坐副驾位置的夏梦闲着没事，调了一下碟机音乐，不一会儿，悠扬的歌声响起。正是蔡琴演唱的《被遗忘的时光》：

是谁在敲打我窗
是谁在撩动琴弦
那一段被遗忘的时光
渐渐地回升出我心坎
……

歌声在密闭的车厢内回荡，配合着窗外哗哗作响的雨声，恰似天籁之音一般动人心弦。两人都没有说话，仿佛沉醉在这美妙的歌声中。

二十分钟后，许林开到了夏梦要去的银星大厦。停好车后，许林从后备箱里拿了把伞，撑好后护着夏梦进了大堂。临别时，许林道："这雨一时半会儿停不了，伞你还是拿着吧。"不由分说便将伞塞到了夏梦手里。

夏梦笑了笑，把伞收下后，说了声"再见"便飘然离去。

许林看着她的身影渐渐远去，一时心中怅然若失。

在距离地球60万公里的外太空，一个高速飞行的不明物体引起了M国航空航天局的高度注意。局长汤姆·布登斯感觉自己一生从未如此紧张——一个比地球上最快的飞行器速度还要快数倍的不明物体正飞向地球！从各方情况来看，这个不明物体极有可能是银河系某个有高等生命的星球发射的飞行器，从其飞行轨迹来看，它几小时后的降落点极有可能是中国渤海海域。

关于这个不明物体的绝密报告半小时前已经递到总统手中，汤姆·布登斯正心急如焚地等待着总统的指令。

终于，桌上直通总统办公室的专线电话响了，汤姆·布登斯赶紧接通，电话中的总统指令简明扼要却充满杀气：全力拦截并击毁不明飞行器，决不能让其落入其他国家之手！

四小时后，汤姆·布登斯的拦截行动报告第一时间递到总统手中，上面只有寥寥数语：我方用太空武器对不明飞行器实施了拦截和攻击，未取得预期效果。不明飞行器被攻击后受损失去控制，预计将于一小时内坠入中国境内的越州市。

十分钟后，直通总统办公室的专线电话再次响起，电话中总统措辞严厉地向汤姆·布登斯下达了最新指令：

航空航天局派员协助军方紧急成立“黑鹰突击队”，不惜一切代价，去中国找到外星飞行器及乘员并带回M国；如无法带回，则就地毁灭！行动代号为“异星计划”。

许林一边开车，一边想着夏梦。不可否认，在他见过的相亲对象中，夏梦是最令他动心的那个，无论是长相气质，还是举止谈吐，无不散发出一种迷人的魅力。可是许林心里却有些迟疑，毕竟对方和自己也算半个同行，而他深知这份工作有多么危险和辛苦。夏梦估计也是看出了他的心思，干脆利落地提前结束了约会。结果此时此刻，许林心里又有些后悔，人家的职业怎么了？招你惹你了？你自己不也就是一个每天忙得屁颠屁颠的小片警？

许林正想得心烦意乱，突然见到一道黑影从眼前闪过，紧接着轿车前盖似乎被什么东西砸到了，发出“嘭”的一声巨响。

许林感觉整个人被狠狠震到了，大惊之下赶紧刹车。还好这是在郊外的一处林荫大道上，平时就车辆不多，现在雷雨天气，附近更没有其他车辆，不用担心被追尾。

许林下车一看，只见轿车前盖被撞成V字形翘起，显见刚才那一下撞击的力道实在是非同小可。许林顿时心里有些后怕，幸好那一下不是撞在前窗玻璃上，要不然自己就算没有一命呜呼，只怕也要血溅当场。

回过神来，许林才想起找肇事者。眼光一扫，便看见轿车左前方地上蜷缩着一堆物事。走近一看，竟是一只身长不过一尺半、长相奇特的动物，非猫非狗，非狐非兔，不过看它尖嘴猴腮的模样，倒像是一只猴子。最奇怪的是，这猴子身上一丝血迹也没有，不知是受了内伤，还是身上的血迹被雨水冲刷干净了。

许林觉得蹊跷，好端端的，怎么突然从天上掉下一只猴子，砸在自己车上？他抬头一看，只见轿车正上方是一棵枝繁叶茂的大榕树，上面有些树枝被压得七零八落，猴子应该就是从上面掉下来的。可城郊的树上，怎么会凭空冒出一只猴子来？这可真是让人百思不得其解。

许林拎起猴子，见它闭着眼睛没有任何反应，不过能够感觉到它的身体还在呼吸起伏，看来是在重击之下被撞晕了。最特别的是，猴子右手还紧紧攥着一个黑色腕带，既不像金属，又不像塑料，看不出来是什么材质。腕带中间有一个显眼的“¤”标志。

许林心想：“这猴子该不会是谁养的宠物吧？要不手上怎么会攥着这么一个玩意？”许林拿下腕带，随手套到自己右手腕上。想到不能将这个昏迷不醒的肇事者就这么遗弃在荒郊野外，许林叹了口气，将猴子放到轿车副驾位子上，开车往家里驶去。

3

回到家，许林第一件事就是把猴子放在沙发上，端详了半天。这猴子样子十分古怪，浑身灰不溜秋，身上也没什么毛发，手长脚长，一看就不是常见的物种。本来许林还想给它止止血、包扎下伤口什么的，结果发现这猴子身上除了沾满泥水外，居然没有任何伤痕。许林摇了摇头，心想这猴子真是钢筋铁骨，把我的车砸成那个样子，自己居然毫发无损。

现在猴子应该是暂时昏迷了，可等它醒来后，如何安置还真是个大问题。许林拍拍脑袋，突然想起家里的龙猫，顿时计上心来。他拎着猴子上了阁楼，打开龙猫笼，将糖糖放出来，又将猴子放进去，大小勉强合适。至于糖糖嘛，暂时放到沙浴盆里洗个澡先。

猴子是有地方安置了，可总不能长期把它放家里吧？想了想，许林上网查到市动物园的咨询电话，打了过去。

“请问是动物园吗？我在路边捡到一只猴子，你们那里能接收吗？”

“猴子？我们这里不缺猴子，你自己想办法处理吧。”

“这是野生动物，我没办法处理呀。”

“大哥，我们这里也是兽满为患呀，经常有热心市民捡到什么南美树懒、澳洲考拉和尼罗鳄，都不知道是哪些王八蛋从外面搞进来当宠物养，养了一半又不要的，现在园里收都收不过来，哪里顾得上你这一只猴子？”

“可是这只猴子真的很特别！”

“算了算了，我发个邮箱，你给猴子拍几张照片，然后发过来，我们让专家鉴定一下。如果是稀有品种的话，我们就上门来接收；如果不是的话，你还是去联系相关的动物保护机构吧。”

挂了电话后，许林发了下呆，看来这猴子一时半会儿没地方安置，还只能放自己家里了。车被砸了，自己还得将这肇事者给养起来，这事找谁评理去。

想到这里，许林气就不打一处来，冲着龙猫笼子就踹了一脚。没想到，笼子里突然发出吱哇怪叫声，定睛一看，原来那猴子已苏醒过来，正冲着他张牙舞爪地抗议呢。看它的样子，啥毛病都没有，精神好得很呐。

许林顿时乐了，随手拿了支笔，戳着猴子的脑袋吓唬道：“你这泼猴从哪里冒出来的，把我的车砸成那个样子？还好我大人有大量，不跟你计较，你要再胡闹的话，我就抽了你的筋、剥了你的皮，把你做成回锅肉下酒。”

被许林拿笔在脑门上戳了几下后，那猴子也老实了，不再上蹿下跳，双手抓住笼子，脸上露出可怜巴巴的表情。这时洗完沙浴的糖糖凑了过来，一边啃着根小玉米棒，一边好奇打量着自己笼子里新来的这位不速之客。

猴子见糖糖啃玉米棒啃得欢，从笼子里伸出一只手来，似乎也想讨点吃的。糖糖一见，赶紧抱着玉米棒溜到许林身后，似乎生怕被猴子抢去。许林见状，又拿了根小玉米棒出来，递到笼子旁。猴子喜出望外，迫不及待抢过玉米棒就往口里塞。不料吃了没两口，猴子感觉不好吃，呸呸吐了两口，把玉米棒扔到地上。

“猴子应该喜欢吃水果。”许林心里琢磨着，想到客厅还有一盘香蕉，于是赶紧拿过来，掰了一根递给猴子。猴子接过后，也不去皮，直接就往口里塞，吃了两口后，感觉不好吃，又吐了出来。

许林有点纳闷：“这猴子居然都不会吃香蕉？”想到这里，他又掰了根香蕉，给猴子示范了一下如何去皮吃里面的果肉。那猴子有样学样，很快剥开皮，成功吃到了香蕉肉，几口下去，眼睛瞪得圆圆的，脸上露出满足的表情，看得许林眉开眼笑。

安顿完猴子和糖糖后，许林煮了个鸡蛋挂面将晚餐简单对付了一下。今天一天发生了太多的事情，他感觉自己实在是累得不行。抓紧时间洗漱完，他躺在沙发上瘫坐了一会，想起下午的事还心有余悸，于是忍不住在朋友圈里发了条动态：

高空坠物，人逃过一劫，车惨不忍睹，肇事者是只猴子，我找谁评理去？

随文字附了两张照片，一张是轿车受损照，另一张是猴子吃香蕉的照片。

没一会儿工夫，朋友圈里一堆评论，大多是吃瓜群众看热闹不嫌事大的观感，有的说“大难不死，必有后福，你赶快买彩票去”，有的说“这猴子天赋异禀、骨骼清奇，一看就是齐天大圣转世投胎，兄弟你可要把它好好供着”，还有的直接在下边点赞。看得许林又好气又好笑，心想这都是一帮什么损友。

正刷着屏，突然见到夏梦发来一条微信：“你没受伤吧？”许林只觉得心咚咚直跳，赶紧回道：“我没事。还好只是砸在车前盖上，不是砸在车窗上，要不我现在就得躺在医院里了。”

很快夏梦又发来一条：“人没事就好，保重哦。”许林回道：“谢谢，我会的。”之后夏梦没有再发微信了，许林将那两条微信看了好久，脑子里一直回想着夏梦那迷人的笑容。

4

第二天上班，刚到所里，马大姐就把许林拉到一边，压低声音道：“小林子，昨天你俩处得咋样？”

许林摸了摸后脑勺道：“还行吧，姑娘挺好的，不过我觉得她看不上我。”

马大姐一听乐了：“你俩还真有意思。我昨晚问过夏梦了，她对你印象还不错，不过你好像对她的职业有偏见，是不是？”

许林赶紧道：“没有没有，我只是觉得自己配不上她而已。”

马大姐语重心长道：“你呀，样样都好，就是有一点，和姑娘打交道得少，缺少点自信。大姐我看人比较准，你俩挺合适的，人家姑娘对你印象不错，你再加把劲，事情就成了。”

许林不知道说啥好，只能点头称是。这时一个粗声大气的声音传来："喂，许林，过来帮我个忙。"原来是好哥们儿魏庆在叫他。魏庆是所里的业务骨干，参加工作比许林早五年，与他性子比较投缘，周末时魏庆经常拉着许林去吃烤串喝啤酒，海阔天空侃上一通。

许林如蒙大赦，和马大姐说了声抱歉便马上过去。

魏庆指了指2号安置室，冲许林道："里面有个和家人失散的小女孩，你帮我搞定。"

许林推开门一看，只见安置室内的简易床上坐着个十来岁的小女孩，上身穿着粉红色长袖T恤，下身穿条黑色白条纹紧身裤，脚上穿着双破旧的运动鞋，手里拿着个黑色保温杯，一脸忧郁迷茫的表情。

许林问魏庆："咋回事？"

"昨晚我当班，12点多接到出警电话，有个市民说在吉林大厦附近发现一个流浪街头的小女孩，我们赶过去把她接到所里。问了半天，这女孩就是不肯提供家庭信息。实在没辙，只好让她在安置室睡了一宿。这不我马上要交班了，你帮我把这事结一下。"

"没问题。不过这一天时间，咱所里就没接到什么寻人信息吗？"

"没有。孩子丢了，这家人也没报警，真是纳闷！"

魏庆走后，许林没有急着进安置室，而是出了派出所，在街边的店里买了肉包、烧卖、油条和豆浆等早点，然后折回来。

他走进安置室，小女孩还坐在床上发呆。许林将早点放在床头柜上，笑道："饿了吧？快吃点东西吧。"

小女孩也真是饿了，看见吃的眼前一亮，毫不客气抓起肉包就啃了起来。许林也不吭声，就在一旁看着她狼吞虎咽地吃。不到十分钟，小女孩就将两个肉包、三个烧卖、一根油条和一杯豆浆全部消灭干净，心满意足地用手背抹着嘴角的油。

许林又递了张纸巾过去给小女孩擦嘴。小女孩见许林一直没说话，自己倒奇怪了："你怎么不问我话呀？"

"问你什么？"

"姓什么、家住哪、父母是谁、为什么不回家？昨晚那警察叔叔就是这么问我的。"

"那我问你，你会老实回答吗？"

"嗯，这个要看我心情。"

许林一听，乐了："小小年纪，你还挺会来事的。你不说也没问题，根据我们的经验，小孩失踪后，24 小时之内，家长一定会报警，所以我在这里等电话就行了。当然了，你要主动跟我说的话，等你父母找上门来，我会帮你圆个场，这样你回去也许可以逃过一顿打。"

小女孩撇嘴道："我家人不会报警的。"话是这么说，语气却有所松动。

许林见了，趁热打铁道："我们想知道你个人情况太容易了，只需要将你的照片和指纹放到系统数据库里，几分钟就能查到你的全部情况。不过那样，我估计你回家之后会比较惨。所以你还是配合一下，直接说出来比较好。"

许林这么一番软硬兼施，小女孩终于撑不住了，"哇"的一声哭了起来。许林吓了一跳，赶紧递纸巾给她擦眼泪。

小女孩哭了一阵子，情绪稳定下来，终于一五一十地把自己的情况讲出来。原来她叫陈婧，今年十一岁，租住在石牌村恒隆街。她出生在单亲家庭，从小就没见过父亲，母亲靠打零工为生，晚上下班后经常喝得醉醺醺地回来，有时心情不好就会打她。昨天放学后陈婧拿着考了六十五分的卷子回家，见母亲喝得烂醉躺在床上，知道她醒了后看到成绩一定会揍自己，一时想不开就离家出走了。

听了陈婧的身世，许林心中五味杂陈，这个年幼的小女孩身上承载了太多她这个年龄不应该承载的东西！

情况搞清楚了，做完笔录后，许林给陈婧的母亲打电话，通知她来派出所接人。可半天却没人接电话。陈婧道："我妈昨晚喝多了，应该还没醒。她经常这样。"

许林叹了口气道："那我送你回家吧。"请示所长同意后，许林带陈婧上了警车。一路开到石牌村街口时，因为里面都是密如蛛网的小巷，警车进不去，于是许林在街边停好车，带着陈婧步行进去。

石牌村是本市最大的城中村，位于城市中部，由村民宅基地扩展起来的密集建筑群及部分自留地构成，不过一平方公里多的面积上硬生生塞进了五万多人，其中绝大部分都是租住谋生的外来人口。这里建筑的最大特点是楼与楼之间的距离特别短，经常是这栋楼的住户从窗户伸出手去，几乎可以摸到对面楼某住户家的窗户，所以民间戏称为"接吻楼"。因为地小人多、人员复杂，这里的治安情况也不是太好。想到陈婧从小在这样的环境里长大，许林不禁觉得有些心酸。

陈婧带着许林在石牌村里一路穿街走巷。许林一身警服在这里显得十分扎眼，不少在街边游荡的年轻人一看到警察过来，赶紧闪到一边。

一会儿工夫，陈婧带许林到了家门口。她家住七楼，楼梯过道处堆满了街坊住户的盆盆罐罐，把一个本就狭小的过道变得更加逼仄。陈婧拿钥匙打开门，许林只觉得一股混合着酒精、方便面和呕吐物的气味扑鼻而来，不禁皱了下眉头。

进屋一看，只见客厅一片狼藉，地上积了厚厚一层灰，墙角大片的蜘蛛网，显然很长时间没有收拾打扫了。再进卧室一看，只见一位三十多岁的女子四仰八叉地躺在床上，嘴里打着呼噜，床头地上还有一堆呕吐物。

看陈婧母亲这醉酒架势，估计一时半会儿也醒不过来。许林正犹豫怎么把情况告诉对方，这时手机响了，打开一听，是所里通知他马上回去开本季度的廉政形势分析会。

挂机后，许林让陈婧找来笔和纸，写下了自己的手机号码，叮嘱她道："以后千万不要再离家出走，万一碰到坏人可就糟糕了。如果遇到什么为难的事情，就打我电话。"

见陈婧收好纸条，许林想了想，又掏出钱包，抽了 200 元出来，递给陈婧道："这钱你拿着，平时买点好吃的。记住，如果遇到什么为难的事情，就打我电话。"

陈婧接过钱，眼泪哗的一下子流了下来。

5

因为路上堵车，耽误了些工夫，许林赶回来时，所里的廉政形势分析会已经开了有一会儿。许林从后门轻手轻脚地进了会议室，找了个离领导最远的位置坐下来。

这种内容比较空泛的会议通常都漫长而无聊，许林听了一会就有点想打瞌睡了。为了和睡魔做斗争，他拿出手机，借着桌面的掩护偷偷刷起来。

看朋友圈里的动态挺有意思，许林身边的朋友和同事，男性发动态的频率都不高，一个月也发不了几条，要发一般也都是发些吃饭、喝酒、撸串、健身之类的生活照或时政热点；而女性发动态的频率明显要高很多，有的甚至是每日更新，从吃喝玩乐到美容瘦身、加班鸡娃等，几乎把朋友圈当成是日常生活的手账。

对于朋友圈的人间百态，魏庆有一次和许林闲聊时曾有过一番妙论：朋友圈里，突然各种励志的，多数是创业了；突然啥都不发了，多数是当领导了；突然各种养生的，多数是住院了；突然信佛的，多数是离婚了。至于不停给公司做宣传的，多数还在试用期；突然卖货了，多数是没钱了；中年男人突然疯狂爱好某项户外运动了，多数是告别日常夫妻生活了。许林试着将身边朋友对号入座了一下，发现居然还真是八九不离十。

看着看着，许林突然留意到夏梦刚刚更新了一条动态，没有照片，只是一段感言：其实这世间大多都是普通人，终其一生也不会有多么金光闪闪。在这短暂又或漫长的几十年里，不被病魔侵蚀，不被灾祸殃及，不为生计忧烦，结交三两挚友，拥有完整的亲情，体验单纯的爱与被爱，已是天大的幸运……

许林沉思了一下，给夏梦发了一条微信："我觉得你很幸运。"

过了一会儿，夏梦回了一条："谢谢！可惜人生总是会有些遗憾！"

许林突然心血来潮，忍不住想撩一下夏梦，又发了条："要不我帮你把最后那点遗憾弥补上吧？"

微信刚发出去，许林突然又有点后悔，正想撤回，却见夏梦已经回了一个"我想想"的表情包——一个美女俏皮地眨着眼睛，模样和夏梦还颇有几分神似。许林看着，忍不住傻笑了一阵子。

下午许林接待了几个来所里咨询的街道居民，做了两个案件笔录，一天的时间便过去了。下班后许林懒得回家做饭，便在街边一家兰州拉面馆，点了碗牛肉面和一份葱油饼解决了晚餐。

许林平时上下班一般都是坐地铁，总共十站路，加上走路的时间接近一个小时。不过在本市已经算是通勤时间短的了，没办法，这是住在一线城市的必然代价。

每天回家开门时许林的心情都会格外轻松，因为感觉回到了自己的独立王国，可以将所有工作和生活上的烦恼都抛到脑后。可是今天有点不对劲，他一进门就发现家里面目全非，桌上、沙发上、地上都是散落的东西，就像被一群熊孩子光临了一番。更奇怪的是，电视机居然也被人打开了，放着《人与自然》。

许林吃了一惊，心想难道家里进了贼。赶紧放下手中的公文包，从门口杂物柜里拿出一根棒球棍，小心翼翼地在家里察看起来。

从大厅、卧室到厨房、洗手间检查了一遍，除了被翻得乱七八糟的物品外，却不见其他异常。许林正想松口气，却听到阁楼上传来一阵奇怪的声音。

许林心头一紧，抄起棒球棍，踩着楼梯蹑手蹑脚地上了阁楼。不料，出现在他眼前的却是令人难以置信的一幕：只见那只被他捡回来的猴子正舒舒服服地躺在吊床上，左手拿了只剥好的香蕉往嘴里送，右手正拿着根小玉米棒在调戏桌上的糖糖。这样子就跟主人在逗弄自己的宠物别无两样。

许林简直不敢相信自己的眼睛，自己明明将猴子锁在龙猫笼里，它是怎么跑出来的，还把糖糖也放了出来？家里一片狼藉肯定是拜这只猴子所赐，早知道，就不把这个畜生救下来带回家了。

想到这里，许林不禁火冒三丈，抄起棒球棍就朝那猴子抡了过去。不料那猴子也是反应神速，听到棍子风声，一个腾空而起便从吊床蹦到了阁楼的吊灯上，在空中荡来荡去。

许林怕打到吊灯，只好收力，改用棍子去捅猴子。那猴子见势不妙，哧溜一下从吊灯上跳下来，跳到楼梯扶手上，随即像滑滑梯一样一溜烟滑下去了。许林见了又好气又好笑，赶紧追了下去。接下来一人一猴在屋子里展开了猫抓老鼠一般的追逐：猴子一边跑一边随手抓起杯子、相框、果盘等物品砸过来，许林一边追一边还要躲避这些劈头盖脸扔过来的东西，样子要多狼狈有多狼狈。

好不容易把猴子赶到洗手间的一个角落里，眼看它无路可逃，许林正准备上前两步逼它就范，却见猴子手里拿着样东西挥舞着，似乎在向他示威。定睛一看，猴子手里拿着的竟然是他刚买不久的华为新款手机。许林暗叫不好，回头扫了一眼，果然发现原本放在进门处杂物柜上的公文包已经不翼而飞。看来是刚才猴子到处逃窜时拿了他的公文包，还从里面翻出了他的新手机，现在竟然拿着这玩意来威胁他，简直是可忍，孰不可忍！

堂堂一个人民警察被一只泼猴欺负成这个样子，许林简直肺都要气炸了。可现在新买的手机在这畜生手里，万一被它砸了，自己这半个月可就白干了。想到这里，许林强忍住心中怒火，放下手中的棒球棍，尽量语气温和地冲猴子说道：“猴哥，别冲动，咱们有话好好说。”一边说，一边慢慢移步上前。

猴子见他越来越近，怪叫一声，将手机往空中一抛。许林暗叫不好，一个旱地拔葱跃起，将手机稳稳接住。就在他接手机的一瞬间，猴子从他肋下一闪，又窜到了客厅，逃脱了他的控制。

见这猴子如此精灵古怪，许林也断了生擒它的念头，干脆打开客厅通阳台的玻璃推拉门，对猴子吼道：“你给我有多远滚多远去！”

那猴子似乎听懂了他的话，三两下便窜到了阳台围栏上。许林家住三楼，楼下有棵枝繁叶茂的大榕树，枝叶都伸展到他家阳台边。猴子看了下地势，回头朝许林点了下头，似乎是告别之意，接着一个腾空飞跃跳到了榕树上，随后在树枝间穿梭跳跃，很快便消失在茫茫夜色中。

接下来半天工夫，许林在苦逼地收拾着战场。收拾的过程中，他一直百思不得其解：这猴子到底是怎么弄开笼子跑出来的？

许林仔细检查了龙猫笼，没有任何暴力破坏的痕迹。因为锁门的装置是一个旋钮，所以最大的可能就是，猴子从笼子里伸出手指，打开了旋钮，自己开笼门跑了出来。都说猴子是一种智商很高的动物，但这只猴子也未免太聪明了，不仅想办法溜出笼子，还把另一个笼子里的龙猫也放了出来，甚至还打开电视，躺在主人的吊床上吃香蕉，简直就是和尚打伞——无法无天了！

这天晚上许林睡得很不踏实，做梦都梦见这只猴子在家里大闹天宫。

6

接下来一段时间，许林的生活又回到了正常轨道上，每天周而复始地上班打卡、下班回家，那只从天而降的猴子似乎从他生活中彻底消失了，许林有时候会想，它是不是在城市某个公园的角落里游荡，苦苦寻找着自己的同伴。不过，一只野生猴子，在高楼大厦密布的混凝土森林里注定找不到同伴，想想也挺孤独的。

一天晚上，许林闲得无聊，躺在沙发上看电视。糖糖在他肚皮上爬来爬去，许林一边抚摸着糖糖身上柔软的长毛，一边给它喂着苹果粒，心里觉得遗憾：可惜糖糖不会说话，没办法和他聊天解闷。

正当许林百无聊赖之际，突然手机响了下，一看，是夏梦发来的一条微信："我在外面办完事，刚好经过你家小区附近，你要在家的话，我把伞带给你吧。"

许林喜出望外，赶紧回道："我在家，马上下来。"

五分钟后，两人在小区门口的喷水池前碰上头。只见夏梦穿着一身卡其色风衣，在晚风的吹拂下，长发飘飘，裙摆飞扬，仿佛银幕上的女神一样散发着无尽的魅力。

许林不禁看得有些痴了，直到夏梦把伞递到他手里才回过神来，赶紧道："你太客气了，大老远还把伞给我送过来。要不上我家去坐一会吧。"

许林这么说只是出于客套，没想到夏梦爽快应道："好啊，你可得把你的库存零食都拿出来，我今天跑宣传忙活了一天，都没好好吃两口饭。"

许林又惊又喜，忙不迭地答应了。

进屋后，夏梦刚坐上沙发，许林就忙着翻箱倒柜找零食。不过家里的储备差不多都吃光了，找了半天，也就找出一包奥利奥饼干。情急之下，许林道："要不我下面给你吃吧，很快的。"

夏梦"扑哧"一笑，没说什么。

许林说："我做的鸡蛋挂面很不错的，你一定要尝尝。"一边说，一边捋起袖子准备干起来。

夏梦道："你不用太麻烦，我随便吃点就行。"说着站起身，打量起屋内的装修摆设来。没一会儿，她注意到笼子里的糖糖，好奇道："这是什么动物呀？"

"这是龙猫糖糖，性情很温顺的。"许林说着，将糖糖放到沙发上，又教夏梦给它喂苹果粒。有美女喂食，糖糖吃得很来劲。夏梦兴致来了，一边喂糖糖，一边给它撸毛，那温柔的模样，就像月宫里的嫦娥在陪玉兔玩耍。

许林进了厨房，打开冰箱，见除了鸡蛋外还有半袋潮汕手打牛肉丸和一个番茄，于是就地取材，忙活了一阵子，一碗热气腾腾的番茄鸡蛋牛丸面便新鲜出炉了。饭端上桌后，夏梦赞道："真香啊！"接着又道，"这么多，我吃不完啊！"不由分说，又分了一半给许林，和他一起吃了起来。

两人边吃边聊着家常，就像两位认识多年的老友一样。

7

家中很久没有外人来吃饭聊天了，许林一时都有些不习惯。看着夏梦一张生动活泼的脸，许林眼前一恍惚，仿佛回到了四年前和女友一起吃饭时的情形。

"你发什么呆呀？"夏梦用手轻轻捅了下许林。

"没什么。"许林赶紧吃了口面，来掩饰自己的失态。

"你是不是在想别的女生？"夏梦一脸似笑非笑的表情。

许林有些尴尬，既不好承认，又不好否认。就在这时，突然听到阳台的玻璃推拉门传来"啪啪啪"的敲击声。

两人吓了一跳。夏梦惊问道："你家里还有别人吗？"

“没有啊!”许林也莫名其妙，好端端的家里怎么会传来奇怪的声音？难道见鬼了？他心里有些紧张，又不想在夏梦面前表露出来，于是强作镇定道，“你别怕，我去看看。”说着，从杂物柜里取出棒球棍，向阳台走去。

许林右手握紧棒球棍，左手轻轻拉开推拉门，却见阳台上空无一人，并没有看到什么异状。他怕自己没看清楚，又开了阳台的灯，明亮灯光下一览无遗，依旧没有看到什么。

许林觉得纳闷，难道刚才是蝙蝠之类的动物撞到推拉门上吗？正要宽慰一下夏梦，突然一个黑影闪到面前，差一点就要撞到他脸上。他吓得大叫一声，连退几步。定睛一看，居然是一周前在他家中大闹一番后逃之夭夭的那只猴子，此刻正用脚倒钩在晾衣竿上，头上脚下地晃来晃去。

许林怕猴子伤到夏梦，急忙护在夏梦身前，双手握紧棒球棍，随时准备出击。

“这就是撞坏你车的那只猴子吗？你不是放生了吗？”

许林顾不上回答夏梦的问题，只见那猴子轻巧地落地，随即一溜烟窜进屋，拿起茶几上的香蕉，三两下剥开皮，毫不客气吃了起来，完全不拿自己当外人。

许林和夏梦都看得目瞪口呆。夏梦道：“你把这猴子当宠物养啦？”

许林无奈道：“我已经将它放走了，谁知道它居然又跑回来!”

说话的工夫，猴子已经吃完两根香蕉，好像没吃饱。看到茶几上还有苹果，拿起来先咬了一小口，似乎感觉味道还不错，于是狼吞虎咽大嚼起来。最奇怪的是，原本胆小怕生的糖糖，见到猴子反而主动迎了过去。猴子见到糖糖也很开心，从口里拿出刚咬下来的一块苹果，递到糖糖嘴边，看着它欢快地吃了起来。

看猴子刚才那副饿鬼投胎的模样，应该是在外面游荡的这几天风餐露宿，找不到东西吃，饿坏了。可接下来怎么办？它要是三天两头这么过来打扰一下，谁受得了？

许林想来想去，觉得不能让这只猴子养成时不时过来打秋风的习惯，还是得赶紧送走。于是去厨房，把冰箱里的什么苹果、梨子全部装到一个塑料袋里，然后拿到猴子面前，一边比画，一边说："猴哥，我不知道你来自何方，但我这里庙小，容不下你这尊大神，这些吃的都送给你，以后你爱去哪就去哪，但别回这里。咱们一别两宽、各自安心。"说完指了指阳台外面，意思是让它拿了水果，赶紧走人。

谁知猴子居然不接塑料袋里的水果，用手指指自己，又指指糖糖，然后用期待的小眼神看着许林。

许林不明白猴子是什么意思。他正纳闷着，一旁的夏梦对猴子道："你的意思是不是想像糖糖这样，在这里住下来呀？"

猴子似乎听懂了夏梦的话，频频点头。许林和夏梦面面相觑，心中都在惊讶这猴子怎么如此聪明。

许林心想："猴子要在这里住下来，我家里岂不乱成花果山了？"当下连连摆手拒绝。

猴子明白许林的意思，上前两步，弯腰伸手轻轻碰了碰许林的脚，接着又碰了碰夏梦的脚，脸上露出可怜兮兮的表情，似乎在哀求两人收留自己。

夏梦看了于心不忍，对许林柔声道："这猴子挺聪明乖巧的，而且看上去跟你十分有缘，要不你就先收养它呗，以后找到合适的机构再把它送过去。"

夏梦发话了，许林不好违了她的意，只好答应。随即又虎着脸对猴子道："收留你可以，但你给我放老实点，要是敢调皮捣蛋的话，分分钟我把你踢走。"

猴子似乎秒懂许林的意思，点了点头，随后在沙发上欢天喜地地翻滚起来。夏梦乐得笑出声来，许林却是一脸苦笑。

夏梦又坐了一会，见时间不早了，提出告辞。许林将她送到楼下小区门口。临别时夏梦突然说："你家养的两只宠物我很喜欢，以后有空我想常来看它们，可以吗？"

许林道："当然可以，随时欢迎！"

送完夏梦后，许林回到家里，发现猴子没有乖乖待在他在阳台给它搭的露营帐篷中，不知道跑到哪里去了。许林耐着性子在家中找了一圈，结果发现猴子居然坐在阁楼吊床上，呆呆仰望着星空，就像一个看星星的孩子，虔诚而专注。

许林既觉得奇怪，又有些被触动，没想到一只来路不明的猴子，居然也会和自己一样，喜欢仰望星空。难道它和自己一样孤独？

接下来几天的空闲时间，许林发挥了自己全部的聪明才智，参照网上的 DIY 攻略，用各种材料给猴子搭建了一个简易猴屋，通风透气，结实牢固。没办法，之前搭的露营帐篷猴子不喜欢，一晚上就拆掉了。可白天上班把猴子放卧室、客厅许林又实在不放心，只好在阳台搭建一个简易猴屋。还好这屋子建好后猴子比较满意，欣然入住了。接下来许林和猴子约法三章：

许林不在家时，猴子只能在阳台活动；

许林在家时，猴子可以入室活动，但不得损坏家中物品；

如有违反，惩罚断食一天。

经过一段时间的磨合，一人一猴一龙猫慢慢习惯了这种特殊的同居生活。现在每天下班回到家，许林最开心的事情就是躺在沙发上，和两个小伙伴一起看电视，看的节目大多迁就猴子，一般都是它最喜欢的动物节目。晚上睡前，照例还要和猴子一起看星星。因为喜欢看星空的缘故，许林还给这只特别的猴子取了个名字叫“星爵”。

8

辛苦一周，又到周五。好不容易忙到下班，许林正琢磨着晚上要不要约夏梦出来吃个饭，这时手机上蹦出来一条微信。一看，是老友周伟发过来的：“兄弟，晚上有没有空一起喝两杯？”

许林思考了三秒钟，回了句：“OK！地址发过来。”

周伟和许林大学时不仅是同班同学，还是一个宿舍的舍友，四年的朝夕相处，两人成了无话不说的死党。毕业时，许林通过公务员招录考进了派出所，从此开始了他按部就班的体制内生活。而周伟运气就没那么好，公务员没考上，考研也没过，好不容易进了都市报社，混了没两年报社倒闭了，只好出来自谋生路。好在鱼有鱼路、虾有虾路，前几年国内电影电视剧市场相当红火，大量热钱涌入，周伟瞅准了这是个来钱的门道，一头扎进去，做起了名为编剧实为枪手的营生，几年摸爬滚打下来，倒也混得有滋有味。两人有些日子没见了，今天周伟突然约饭，许林还挺想和他聊一聊，毕竟，人在异乡，能坐下来把酒言欢的兄弟要聚一聚越来越难了！

七点钟，两人在天河路的蚝元食府碰上头。这是一家以做消夜为主通宵营业的大排档，环境嘈杂，但人气很旺，主打是炭烧生蚝和砂锅粥。两人在二楼角落靠窗的一张桌子旁坐下，点完菜后，周伟从背包里拿出了两瓶泸州老窖。

许林吃了一惊："我们两个人，哪里喝得了两瓶？"

周伟道："一瓶肯定不够，今天咱们就喝个痛快！"

许林苦笑着摇了摇头，看情形，周伟今天是有心事，想找个人喝酒，来个一醉方休。周伟开瓶倒酒的工夫，许林又仔细打量了下他，小半年没见，周伟明显憔悴了不少，厚厚的黑框眼镜也遮不住熊猫般的黑眼圈，而后移明显的发际线让他看上去怎么都不像是一个还不到三十岁的年轻人。

热菜上来前，一盘油炸花生米和一盘凉拌牛肉先上桌了。两人也不客套，边吃边聊了起来。几杯酒下肚，周伟的怨气像火山一样爆发了："你说我是不是走了霉运，什么破事都碰上了？写电视剧本写了几十集，还没拿到尾款，投资的老板入狱了；辛辛苦苦攒了三十万，被朋友一忽悠，参与众筹投资拍片，结果片子没拍完，导演出事了；今天小红又告诉我，她下个月就要结婚了，老子鞍前马后陪了她三四年，最后还是被劈腿。你说我怎么就这么背呀？！"

许林一边安慰他，一边听他将最近的不如意事细细道来——

今年年初，周伟接了单枪手的活，整一部四十集电视剧的剧本，每集两万来字，周伟能拿五千块，算下来全部搞完能拿个二十万。周伟从中间人手中拿了两万的预付款后，在出租屋里猫了四个月，夜以继日地埋头写。好不容易写到三十八集，快要收尾了，却听到一个噩耗——作为投资人的李老板因为涉及一宗商业诈骗案被公安机关拘留了，这个以李老板本尊为原型的商业巨子创业史的电视剧项目立马夭折了。周伟看到手头废掉的这几十万字，顿时欲哭无泪！

屋漏偏逢连夜雨，之前周伟认识个做导演的朋友黄庵，在筹拍一部类似于《疯狂的石头》一样的小成本喜剧片，苦于资金不足，鼓动身边一帮朋友参与众筹投资，说这项目是以小博大、稳赚不赔。周伟被黄庵一忽悠，脑子一热把自己辛辛苦苦几年来攒下的三十万全投进去了。结果没想到，片子拍了一半，导演黄庵因为吸毒被抓，整个摄制组成员顿作鸟兽散，周伟投进去的钱也打了水漂。

这还不算最糟糕的，今天上午周伟正在出租屋里，就租金到期缓交房租一事跟房东软磨硬泡，希望能宽限些时日。不料突然接到冷战大半个月没联系的女友小红打来的电话，说咱们不适合还是分手吧，并说自己下个月就要和上司俞超结婚了。周伟听了怒火中烧，气得一脚下去把房门踹坏了。旁边的房东也火了，当场要求周伟卷铺盖走人。就这样，曾经踌躇满志想在演艺圈大展一番手脚的周伟，在短短时间内经历了事业、爱情、生活的三重巨大打击，跌到了人生谷底。看看手头只剩下几百块钱，他索性买了两瓶酒，想找兄弟借酒浇愁。

周伟一通诉说，说到激动处涕泪俱下："兄弟，你说我是不是很没用？干啥啥不行！我现在觉得活着真没意思，真想找个地方跳下去，一了百了！"

许林吓了一跳，赶紧安慰道："想开点，人生在世谁不会碰到点坑坑坎坎，迈过去不就行了！又有谁能一辈子一帆风顺事事如意过来呢？要是遇到点挫折就不想活了，这世界上能有几个活人？"说着，和周伟碰了一杯。

周伟干了后放下酒杯，手指着窗外的星空，感叹道："昨天晚上，我躺在床上，突然想，如果能让我遇见外星人就好了。我会要求他们把我带走，去到他们的星球，也许那里更适合我。”

“兄弟，你想多了，地球需要你！”

“你说地球需要我，可我现在连个落脚的地儿都没有，今晚都只能露宿街头。”

“行了，不就是没地方落脚嘛，这事交给我了。大学咱俩都在一个宿舍住了四年，现在你没地方去，就去我家随便住。反正我现在还是光棍一条，刚好你过来陪陪我。”

“兄弟，你说话当真？”

“君子一言，驷马难追。何况咱俩快十年的兄弟，我还会骗你不成？”

两人从七点一直喝到十二点，两瓶泸州老窖喝得只剩下小半瓶。周伟明显喝高了，去厕所吐了两回。许林怕他喝倒了没法回去，赶紧结了账，搀扶着他上了出租车，去到自己住的小区楼下。

下车后，周伟又伏在花坛边，狂吐了一番。许林怕被保安看见，赶紧扶着他进了小区。

9

许林家里就卧室有一张床，不过他怕周伟晚上在床上呕吐，第二天不好收拾，于是干脆让周伟在客厅的沙发上过夜。这沙发是可折叠的，打开放平就可以做床用。许林在上面铺了层床单，又找来一个枕头放上去，然后费了老大的劲把醉成一摊烂泥的周伟抬到沙发床上，拿湿毛巾把他脸上的污秽脏物擦干净，最后给他脱了鞋袜，盖了一床薄毛毯。

做完这些后，许林已经累得不行。再看周伟，已经响起了呼噜声。许林摇了摇头，去洗手间简单洗漱了一下。实在没有精神去洗澡，他便直接上床睡了。

也许是酒喝多了的缘故，许林沾枕不久便沉沉睡去，还做了一个奇怪的梦，梦见和夏梦在一个海岛上举行盛大的婚礼。婚礼进行到一半时，突然闯进来一个满身是血的女人，不是别人，正是弃他而去的前女友伍允！伍允手上拿着一把滴着血的电动钢锯，杀气腾腾地冲过来。许林情急之下，正想把夏梦护在身后，不料夏梦却将一样东西递到他手上，一看，却是一把手枪。许林大吃一惊，正不知如何是好，突然感觉自己整个人被一股神秘的力量给带起来了……

从噩梦中惊醒的许林睁开眼睛一看，出现在面前的是一脸不可思议状的周伟，只听他大叫道："你家怎么会冒出一只猴子？"

许林用了十秒钟恢复神智，又花了一分钟听周伟讲他的遭遇。原来周伟早上被尿憋醒，去厕所放完水后，想去阳台呼吸一下新鲜空气，清醒清醒头脑，不料刚打开阳台的玻璃推拉门，就感觉头上被人用东西砸了一下，低头一看是只苹果核。正奇怪是哪个小屁孩在乱扔东西，一抬头却发现一只猴子在晾衣竿上晃来晃去。周伟吓了一跳，赶紧进屋弄醒许林，想问个究竟。

弄清楚状况后，许林从床上爬下来，打了个哈欠，拉着周伟去到阳台。就刚才这么一会儿工夫，猴子已经去客厅溜了一圈，拿了根香蕉，此刻正坐在简易屋顶，优哉游哉地吃着香蕉呢。

许林指着周伟对猴子道："星爵，这是我兄弟周伟，要在咱家住段时间。你给我表现好一点，知不知道？"

接着许林又指着猴子对周伟道："这是我最近收养的一只猴子，名叫星爵，有点小调皮，不过你跟它混熟了也没什么。"

周伟看得目瞪口呆，回过神来后，忙不迭地问许林这是怎么回事。许林又打了个哈欠，然后将事情的来龙去脉一五一十地道出来。周伟听得啧啧称奇，说道："我只听说有人收养流浪猫、流浪狗、迷途鸽子、丧家鹦鹉的，像你这样撞见一只从天而降的猴子并收养下来的，还真是第一次听说。"

"看来它是跟我有缘呐！要不然人海茫茫，那么多人它不选，偏偏选中我！"

本想睡个懒觉，结果被周伟打搅了，许林也不好再上床继续睡，于是去好好洗了个澡，换了一身衣服。他出来后，发现周伟手里拿了只乒乓球，正和星爵在玩抛接球游戏，玩得不亦乐乎。看来这两个家伙已经打成一片了。

"你养的这猴子还真聪明，要再训练一下，都可以上马戏团表演杂技了。"

许林调侃道："你有兴趣的话，就去训练呗，反正你俩都是精力过剩。"

"你别说，这猴子激发了我的创作灵感，我打算构思一个电影剧本，就以这猴子为主人公，有凶杀，有穿越，还有不伦之恋，最后是一个所有人都想象不到的震撼性结局！"

"得了吧，你干脆就写这猴子是天外来客、降临地球拯救人类的好了。"

"拯救人类这么伟大的使命还是留给咱俩吧，谁叫咱们是炎黄子孙龙的传人呢。"

两人正说笑着，许林手机响了一下，打开一看，见是夏梦发来的一条微信："有空吗?"许林赶紧回了句："有空。"

"今天天气不错，真想去大学城那边走一走。"

许林只觉得心怦地跳了一下，秒回道："我陪你去。"

见许林对着镜子精心抹着发蜡，周伟打趣道："怎么，梳妆打扮去见女朋友呀？”

“我出去有点事。冰箱里有冷冻食品，你自己热着吃。星爵交给你了，别让它弄坏家里东西。”许林一边说，一边往背包里放东西。

似乎知道许林要出去，星爵凑了过来，用手比画半天，指指自己，又指了指外面，看样子是想让许林带自己出去。

许林笑了笑，道：“我带你出门不方便，你还是留在家里陪周伟写剧本吧。”

星爵有点不高兴，冲许林龇牙咧嘴做了个鬼脸，然后一溜烟闪到客厅里去了。

许林还没出小区，手机就响了，一接，里面传来周伟着急的声音：“猴子跑了！你出门没多久，它就从阳台跳到对面一棵树上，是不是找你去了？”

许林急忙往回走，走了没几步，只觉头顶传来树枝扑簌抖动的声音。抬头一看，只见一只猴子从天而降，轻巧落在自己面前，正是星爵。这时旁边有个踩着滑板车的小男孩见到了，惊叫道：“猴子！”

许林将食指竖在嘴上，朝小男孩做了个收声的手势。事已至此，许林也无可奈何，只好招呼星爵过来，将背包打开，让星爵钻了进去，叮嘱它在里面老实待着不要乱动。还好背包够大，星爵身材够小，刚好容得下；再把拉链拉开一条口子，呼吸也没问题。

想着自己要带着只猴子去和夏梦约会，许林不禁叹了口气。也许人生就是这样，总有一些意想不到的事情突然发生！

10

大学城位于本市东南部的一个小岛上，占地三十多平方公里，里面进驻有十所高校，数十万师生居住其中。因为地方开阔，环境优美，所以成为本市一处知名的休闲胜地。

许林匆匆赶到时，发现夏梦已经到了。她今天穿了身白色的连衣裙，简单梳了个马尾，给人感觉就像大学校园里的女生一样，充满了青春的活力。

两人寒暄了没几句，夏梦突然道："你背包里装的什么，老在动？"

许林笑道："有个朋友想你了。"说着放下背包，拉开拉链，只听"嗖"的一声，一道灰影冲了出来。夏梦吓得退后一步，等看清楚是猴子后，惊喜道："你怎么把它带出来了？"

许林道："它想你了呗，知道我今天要见你，就闹着要出来。"仿佛为了验证许林说的话，星爵围着夏梦转了两个圈，摆出一副俯首帖耳的乖巧模样来。

夏梦摸了摸星爵的头，说道："我就见了你一次面，你怎么对我这么上心呐？"

许林道："那是，你是它的救命恩人，要不是你让我收留它，它现在还不知道在哪旮旯流浪呢。"

两人说话的工夫，旁边围过来几名游客，对着星爵指指点点，似乎觉得奇怪——这对俊男靓女怎么会带了只猴子出来。

许林凑近夏梦嘴边道："这猴子太扎眼，我们赶紧找个人少的地方去吧。"

夏梦点点头。两人快步走到租单车的地方，租了辆双人自行车一起骑。星爵依旧待在许林的背包里，只是露出一个脑袋来东张西望。

夏梦坐前排，许林坐后排，边骑车边聊天，一路欢声笑语。闻到夏梦身上散发过来的阵阵香味，许林只觉得心都要醉了，自从结束上一段恋情后，他已经三年多没有尝过这种甜蜜的滋味了。

半小时后，两人骑到一块空旷的大草坪处。这里差不多有一个标准足球场大小，除了一个放风筝的中年大叔外，没有其他人。

两人停下车，找了块地方坐下来，看那人放风筝。星爵从背包中出来后，完全坐不住，一会儿去扑打蝴蝶，一会儿去爬树，玩得不亦乐乎。

看着风筝在风中飞驰穿梭，夏梦叹了口气道："小时候，爸爸常带我去放风筝，还教了我一首咏风筝的诗。"

许林道："是那首'忙趁东风放纸鸢'的古诗吗？"

"不是那首，是我爸自己作的一首：'纸鸢凭风上青云，唯留一线不离身。世间多少名利客，追风却忘把线人。'"

"这诗写得真好！你爸是做什么的？"

"他是个历史老师，讲课讲得很好，平时还喜欢写点诗歌、散文。小时候，我最喜欢听他讲故事了，可我妈老嫌他没出息，不会赚钱。"

"你爸应该是个很有意思的人，我和他肯定聊得来。"

"他已经去世两年了，因为肠癌。"

许林赶紧说"对不起"。

夏梦轻声道："没什么，我只是看到放风筝，不由自主想起了他。"

见夏梦情绪有些惆怅，许林想转移一下她的注意力："想放风筝吗？"

"这附近好像没见卖风筝的。"

"我有办法，你等我一下。"许林说着，站起身来，冲那放风筝的中年大叔走去。

隔着一段距离，夏梦只能看到许林和大叔在聊着什么。那大叔先是摇头，接着似乎被许林一番话说服了，把风筝收回，连同手上的控线转轮一起给了许林，然后走远了。

看着许林兴冲冲地拿着风筝走回来，夏梦好奇道："你是从他手上买的风筝吗？"

"一开始我是想出钱买，大叔说这风筝是他自己做的，不卖。"

"那他怎么又答应给你了？"

"这是个秘密。"许林笑了笑，放起风筝来。

当天的风够大，风筝很快就冲上云霄。见风筝飞得比较平稳，许林把手里的转轮交到夏梦手中。夏梦左手抓紧转轮，右手把好线，小心翼翼地控制着风筝的走向。渐渐地，风筝越飞越高，成为万里碧空中的一个小小黑影，离地面已不知有几百米远。

两人正玩得开心，不料一旁的星爵手舞足蹈地抗议起来，原来它也想玩。

夏梦觉得有趣，就要把转轮给星爵。许林拦住她道："星爵体重太轻，控制不住风筝，让它拿线就行了。"说着把星爵放到自己肩膀上，然后将线扯到它手中。

星爵抓着风筝线，由着自己性子上下扯动。好在风筝飞得够高，已经相当稳定，不至于被扯得突然栽下来。许林和夏梦见星爵像小孩子一样玩得十分过瘾，忍不住相视一笑。

回去的路上，夏梦还是忍不住问道："你跟那大叔说了什么，他把风筝给了你？"

许林迟疑了一下，道："我说出来，你可千万不要生气。"

"不会的，你说吧。"

"我对大叔说，我女朋友刚出院不久，心情有些抑郁，我想让她放下风筝散散心，他就把风筝给我了。"

"喂，我什么时候变成你女朋友了？"

"那我能不能先斩后奏呢？"许林说着，鼓起勇气牵住了夏梦的手。夏梦抽了一下手，没抽出来，也就算了，只是脸上飞起一道红晕，像极了天边的晚霞。许林心中则是喜不自胜，这一刻仿佛握住了世界上最珍贵的宝石，再也不想放手。

两人说笑着，漫步在夜幕将至的街边。许林的背包依旧背在身后，不过上面套了顶鸭舌帽。没有人会注意到，在鸭舌帽里面，藏着一个小小的猴子脑袋，正透过帽子后檐空隙，打量着这个光怪陆离的世界。

11

许林回到家时，见周伟正四仰八叉地斜靠在沙发上看电视，一脸的百无聊赖。

许林刚把背包放下，星爵就急不可耐地自己拉开拉链，跳了出来，接着又三蹦两蹦跳到了沙发上。周伟吓了一跳，看清楚是星爵后，笑道："像你这样带着猴子去约会的，估计全天下也没有第二个了。"

"只要它别给我带一只母猴子回来就行了。"

许林倒了杯水，咕噜咕噜一口气喝完，随即对着周伟道："怎么，没开始写你的电影剧本呀？"

"在灵感到来之前，我就是一个渴望养分的行尸走肉。再说，我还需要一段时间来消化破产和失恋的双重痛苦！"

"给你一周时间，够了吧？"

"一周怎么够？我要重新开始一段感情怎么也得一个月时间；至于攒够三十万，就更不知道需要多久了！"

"得了吧，你就别给我矫情了，有空你帮我做做饭，省得天天叫外卖，吃得倒胃。"

"喂，兄弟正落难的时候，你好意思让我给你当用人？"

"我是怕你颓废，好歹做点事情来转移一下注意力。"许林扫了眼电视，见周伟看的是周星驰主演的《大内密探零零发》，随口道，"这么老的片子还看呐？"

"没办法，周星驰的片子就是喜剧片的天花板，现在拍的片子还没有哪部能超过这部。"

两人说话的工夫，星爵却被电影内容所吸引，津津有味地看了起来，时不时被逗得捧腹大笑。这段时间，星爵晚上经常和许林一起看电视，不过它对新闻和娱乐节目都不感兴趣，看得最多的还是动物节目，没想到今天看周星驰的片子居然这么投入。许林都觉得有些奇怪。

突然，星爵用手指着电视，脸上露出惊恐的表情。原来，电影正放到高潮部分：各路神医济济一堂，准备解剖神秘的"天外飞仙"尸体。

许林看过，知道这段情节搞笑中带点惊悚，于是轻轻拍了拍星爵脑袋，安抚它道："别害怕，这段很好玩的。"

星爵一边用双手捂着眼睛，一边从手指缝中偷看。随着片中的音乐声越来越吓人，星爵突然大叫一声，抓起桌上的遥控器就砸向电视机。这一下事起突然，许林猝不及防。还好星爵没扔准，遥控器砸在了电视的左下角上，屏幕只闪了一下，没有黑屏。

许林勃然大怒，冲星爵大吼道："滚!"星爵被他一吼，吓得屁滚尿流，赶紧一溜烟躲到阳台猴屋里避风头去了。

许林走到电视前仔细端详了一会，还好只是左下角砸缺了一个口子，显示屏并没有受损，还能正常使用，这才松了口气。

见许林余怒未消，周伟忙捡起遥控器，一边关掉电视，一边道："这猴子还真奇怪，前面看得好好的，怎么看到解剖'天外飞仙'这段就狂性大发了呢?"

许林恨恨道："这畜生就是欠收拾！从现在起，罚它饿一天。明天你可不要给它喂东西吃。"

"我不给它喂没问题，可这家伙自己会翻箱倒柜找东西吃呀。"

"你把阳台门锁好了，别让它进来。"

"遵命。"

在越州市城郊罗马豪庭A区的听风别墅地下室里，十几个身材健硕的西方人和一个一身黑衣黑帽戴着口罩的亚洲人在热火朝天地开着会。这十几个外国人正是M国"黑鹰突击队"成员，其中个子最高、戴着墨镜的男子是队长史密斯少校，在他旁边正对着笔记本电脑做思考状的"白头翁"是特情专家普登博士，而唯一的亚洲人则是高级间谍"地鼠"，他的真实身份和姓名一直是M国人的高度机密。本来他是作为M国的一枚重要棋子长期潜伏，但由于这次"异星计划"事关重大，在缺少外部情报支援的情形下，M 国不得不提前启用这张王牌。

史密斯少校怒气冲冲道：“我们跨过太平洋，来到这里找外星人，你就让我们在这个牢房一样的地方待了一星期，你到底还要让我们待多久？”

地鼠解释道：“我们现在已经有一点线索了，再给我三天时间，我一定能把外星人的下落打听清楚。这边的监管相当厉害，你们这么多外国人在外面走动太过于显眼，很容易被他们注意到，所以在最后行动前还是藏在这里比较安全。”

史密斯少校身旁一个铁塔般的黑人壮汉道：“我们有全世界最先进的卫星定位系统，难道这么久还找不到一个外星人吗？”

普登博士接话道：“虽然我们的卫星定位系统很先进，但由于事发当日越州市正值暴雨天气，我们的定向追踪受到极大干扰。并且外星飞行器坠落后信号完全消失，只能将坠落地点锁定在越州市内一个一百平方千米的区域内，这比整个曼哈顿的面积还大，所以要找到外星人还需再花一些时间。”

史密斯少校没好气道：“那这段时间，我们做什么？难道每天就让我们在这个暗无天日的地方看电视？”

普登博士凑到史密斯少校耳边，和他商量了一下，说道：“这样吧，考虑到本次任务非常特殊，这两天可以让大家出去放松一下。不过有几点要求：一是大家化整为零，分成四个小组，每组二到四个人，这样避免过于集中，引起外界注意；二是大家不要去人多眼杂的娱乐场所，尤其不要饮酒和泡吧，免得误事；三是注意保密，绝对不能泄露身份！”

听到手下一片欢呼雀跃声，史密斯少校恶狠狠地补充：“谁要是捅出娄子来，就别怪我把他和外星人一起做成标本！”

12

周日许林又约了夏梦。毕竟周六刚刚牵了手，这是一段感情开始后感觉最好的时候，当然有必要趁热打铁了。

约会的地点定在了一个名叫“红心一族”的游乐场。夏梦赶到时觉得很奇怪，因为整个游乐场冷冷清清的，没看到什么游客。游乐场入口处倒是有个戴着鸭舌帽的工作人员，正聚精会神地玩着手机游戏。

夏梦对许林埋怨道：“你带我来的什么地方？感觉这游乐场都要关门了！”

许林解释道：“这游乐场是我朋友阿辉经营的，但这两年生意不好，入不敷出，于是他干脆停业把场地转让给别人。因为接手的公司下个月才能进驻，所以这个月阿辉就把游乐场当作会所给朋友们玩。据我所知，近期这里已经搞过一场 Cosplay 大赛和一场‘躲猫猫’比赛。”

“你们还真会玩！那你今天是想带我玩什么？”

“等会儿你就知道了。”

入园时许林冲鸭舌帽打了个招呼：“小陈，我带朋友进去看看。”

小陈抬头回：“没问题，阿星在里面，等会儿你们要玩什么让他开机就行了。”说完又埋头玩着自己的手机游戏。

许林带着夏梦轻车熟路地走进去。这个游乐场和国内大部分的游乐场差不多，什么摩天轮、过山车、海盗船、碰碰车之类的设施都一应俱全，不过也许是受限于场地较小的缘故，所有设施的尺寸似乎都小了一号。

许林道："想玩什么随便玩，反正这里被我们包场了。"

夏梦笑道："小时候我最喜欢去的地方就是游乐场，感觉就像童话王国一样美好。不过现在我发现，游乐场还是得有点人气才好，要不像这里，只见机器不见人，荒凉得就像爆发过第三次世界大战。"

许林道："其实我觉得这里很适合拍一部电影。"

"什么电影？"

"一部赛博朋克风格的科幻片，正邪双方最后像汽车人和霸天虎一样，在这里打得天昏地暗、日月无光。"

"那他们为什么而打呢？争夺能量块？"

"也许是为了争夺一个意外降临地球的外星人吧。"

"那我们在里面又扮演什么样的角色呢？"

"我俩当然是男主和女主了，因为我们的介入，最后才使得正义战胜了邪恶、拯救了地球。"

"你可真会瞎编。"

"好莱坞大片不都是这样编的嘛。"

两人说说笑笑，不知不觉穿过了半个游乐场，来到了旋转木马前。许林看到夏梦跃跃欲试的样子，知道她想玩，于是朝不远处的阿星做了个手势，让他帮忙启动设备。

阿星过来后，见两人已经坐好了，说道："这机子玩一次是五分钟，不过现在也没什么人玩，我给你们设定成三十分钟吧，一次坐个够。"说完便启动了机器。随着悦耳的音乐声响起，木马们开始高低起伏地旋转着。

许林骑的是一匹黑马，夏梦骑的是一匹白马，两人差不多并排，不过夏梦比许林的马要往前半个身位。音乐声中，夏梦双手搂着木马的脖子，下巴倚在马头上，眼神迷离，仿佛沉浸在美梦中。这一刻如此美好，许林也不想打断，骑在木马上静静看着夏梦美丽的侧影。

也不知转了多少圈，夏梦终于回过神来，轻轻叹了口气。

“想你爸爸了？”

“你怎么知道？”

“你说过小时候爸爸常带你去放风筝，那自然也会带你去坐旋转木马的。对于每个孩子来说，这都是童年最美好的回忆之一。”

“所以你今天特意带我来坐旋转木马？”

“带你重温一下童年嘛！”

夏梦笑了笑，说道：“其实你应该骑我这匹白马的。”

“为什么？”

“你骑上去就成白马王子了。”

“骑白马的可不一定是王子，也有可能是唐僧哟。再说，这匹白马额前有一个螺旋角，看上去更像是独角兽。”

许林这么一说，夏梦不禁嗔道：“你这人好没意思哟，我说是白马，你偏要说是独角兽！”

许林知道和女生争辩对错是毫无意义的事情，马上改口道：“头上长角的马中国古代传说中也有，称之为龙马，所以这是典型的白龙马。”

夏梦扑哧一笑道：“算你识相。”

从旋转木马下来后，两人信步而行，没走多远便到了一个“明星风采蜡像馆”前。从外面看，里面像鬼屋一样透着阴森气息，夏梦不由得停住了脚步。许林轻轻牵住她的手，说道：“别怕，有我呢。”

两人经过一段光线幽暗的过道后，进入一个篮球场大小的展厅，只见里面摆放着近百个人物蜡像，大多是文体明星，也有社会名人，从迈克尔·杰克逊、乔丹、贝克汉姆、梅西、C罗，到玛丽莲·梦露、史泰龙、施瓦辛格、汤姆·克鲁斯，从李小龙、成龙、李连杰、周星驰到姚明、林丹……济济一堂。不过，这个蜡像馆似乎是仿照“杜莎夫人蜡像馆”整的山寨版，在制作工艺上却差了一大截，于是做出来的蜡像除了身高最贴近本尊外，五官失真得基本都只能靠观众的联想了。当然，有时候看到一个走形、夸张得离谱的蜡像时，也会让人禁不住一乐。

许林和夏梦一路看一路点评。突然夏梦尖叫一声，往许林怀里一躲，手指着右前方一个蜡像。只见那个蜡像似乎被人动过，手上拿的雨伞居然在转动。

夏梦颤声道：“这里难道有鬼吗？”

“也许是工作人员动的。”许林虽这么说，心里却提高了警惕，毕竟他俩进来时并没有看到室内有第三人。此刻在昏暗的灯光下，置身于近百个真人大小的蜡像中，加上地上斑驳的投影，确实容易让人心里发虚。

许林从口袋里拿出一支强光手电筒，上下左右照起来。这个游乐场他此前来过，知道有些地方光线不好，所以特地带上这玩意，没想到还真派上用场了。

三百六十度照了一圈，没发现什么。许林正打算安慰夏梦两句，不料眼前突然一个黑影闪过，速度极快，形同鬼魅。许林赶紧将夏梦护在身后，随即冲前方大声道：“是谁？给我站出来！”

许林话音未落，只见左前方正做伸手扣篮状的姚明蜡像手臂上突然垂下一个黑影，定睛一看，不是别人，正是星爵。只见它一只手吊在姚明胳膊上，另一只手在抓耳挠腮，样子实在滑稽可笑。

13

夏梦惊道："你又把猴子带出来了？"

许林摇了摇头，无奈道："不是我带它出来，是它自己偷偷溜出来的。也不知道它是怎么找到这里的？"想到这只猴子如此调皮捣蛋、肆意妄为，许林心中仿佛有一千万只马呼啸而过。

也许知道许林正憋了一肚子的火，星爵落地后没有凑到他身前讨没趣，而是跳到夏梦身边，用脸蹭了她两下，然后两手张开抱住了她的大腿，仿佛找到了靠山一般。

夏梦爱抚地摸了摸星爵的头，说道："你这猴子，真是调皮，是不是怕挨揍了，现在又装起可怜来？"

似乎是为了逗夏梦开心，星爵在地上翻了两个筋斗，站定后又模仿起身旁的李小龙蜡像，摆了一个一模一样的造型，顿时把夏梦逗得乐不可支。许林在一旁看了却是暗暗称奇，心想这猴子真是太聪明了，幸好它不是人，要不恐怕会成为自己的情敌。

接下来许林、夏梦带着星爵又玩了过山车和摩天轮，每次星爵都要挤在两人中间坐，还把头依偎在夏梦身上，就像一个撒娇任性的孩子一样。最搞笑的是，从摩天轮下来后，许林想和夏梦合个影，拿出手机自拍了两张，结果每张照片里星爵都从后面把脑袋凑过来，将好端端的浪漫情侣合影变成了画风奇特的耍猴照，看得人哭笑不得。夏梦见星爵这么黏着自己，倒是挺开心。许林心里则直骂娘，恨不得将这个不识趣的灯泡一脚踢开。

还好玩到海盗船时，星爵感觉摇来晃去的很好玩，丢下两人，一溜烟似的爬上了帆船桅杆，在上面翘首张望，还用手扯着桅杆顶端的骷髅旗，那神气活现的样子，还有几分像中世纪的加勒比海盗。

趁着星爵走开的工夫，许林凑到夏梦耳边，想对她说两句悄悄话。不料这时夏梦正好转过脸来，登时撞在许林嘴唇上，变成了一个突如其来的吻。这个吻来得有些突然，两人都没有思想准备，一时静谧了几秒钟；这个吻又是如此美妙，点燃了两人心中的火花。终于在海盗船慢慢停下来的时候，两人忘情地吻在了一起……

从游乐场出来后，许林和夏梦去逛正佳极地海洋世界。两人一路都是手牵手。像所有热恋中的人儿一样，两人看着对方的眼睛里都闪烁着星星。

在正佳广场四楼星巴克的一个角落里，坐着两个身材魁梧的外国人，与周边一脸轻松惬意的食客相比，这两人显得心事重重。他们正是史密斯少校和普登博士。

史密斯少校喝了一口拿铁，说道："博士，我感觉你对我们这次的任务似乎信心不足？"

"我们这次执行的任务恐怕很难完成，就算是詹姆斯·邦德、伊森·亨特和杰森·伯恩三位来了，也一样搞不定！"

"真有那么困难吗？"

"第一，他们没有碰到过这样的对手；第二，他们没有接触过外星人。"

"博士，我觉得你太悲观了，要知道，上帝站在我们这一边！"

"问题是，对方不信这一套！"普登博士拿起自己的卡布奇诺，喝了一大口。

突然，普登博士的黑色手提包里发出"嘀嘀"的报警声。普登博士赶紧打开包，从里面拿出一台黑色仪器放在桌面上。只见这个仪器呈圆盘状，上面有一个红色的指针在不停地转动，此外还有一些数字在不时变化着。

史密斯少校见普登博士的表情显得既兴奋又凝重，问道：“博士，这是什么玩意？”

“这是新研发的‘异星物质探测器’。简单来说，外星人的身体构造肯定与地球人不一样，另外他们身上物品包括飞行器上，也一定含有地球上不存在的物质或元素。这个探测器就是根据不明物质报警原理发明出来的，只要外星人或其飞行器进入三百米的范围内，探测器就能测出来，并发出警报。现在，目标已经离我们很近了！”普登博士说着，指了指探测器表盘上显示的数字——二八〇。

“那我们还等什么？”史密斯少校急得都要跳起来，恨不得拉上普登博士就冲出去找人。

“冷静点，这不是在M国！我们只能先锁定目标，找机会再下手。”普登博士压低声音提醒了一下史密斯少校，随即起身出门。

两人按照探测器指针所指方向一路走去，表盘上显示的数字越来越小，直到最后停在了五十上。两人现在所处位置是在正佳广场F区二楼护栏处，而指针正牢牢指着一楼喷水池旁的表演区，此刻舞台上七八个性感装束的少女正在劲歌热舞，而台下上百名观众围了个水泄不通。要从这上百人中找出那个可疑目标来，难度着实不小。

史密斯少校焦急道：“我们下去找吧。”

话音未落，却见普登博士又指着探测器给他看，表盘上显示的数字突然增大到六十，显然目标开始离开人群。两人顺着指针变动的方向看过去，只见一对打扮入时的青年男女正从人群中走出来，往西门方向走去。

史密斯少校心急如焚，抓住护栏就准备跳下去。普登博士赶紧拦住他，说道："你以为你是成龙啊，快走楼梯！"

两人心急火燎地从自动扶梯上冲下来，沿着探测器所指方向一路追了过去。周末的正佳广场里人头攒动，熙熙攘攘，两个外国人在人群中一路狂奔，引得无数路人注目。可两人冲到门口时，却远远看到那对青年男女刚在对面街角上了一辆黄色出租车。两人伸手拦了半天却没拦到车，只能眼睁睁看着那辆黄色出租车绝尘而去。

"××"史密斯少校忍不住爆了句粗口，又朝身旁一棵绿化树狠狠踢了一脚。

普登博士拍了拍史密斯少校的肩膀，将手机拿给他看。原来刚刚在二楼寻找目标的时候，普登博士用手机对着人群抓拍了几张照片，放大三十倍后虽然目标人脸已略有些模糊，但勉强还是能看清五官轮廓。

14

许林回到家时，周伟正一边看电视一边吃着泡面，桌上还放了袋椒盐花生和一瓶开了封的酒。

周伟道："怎么这么早回来了？我还以为你今晚要在外面过夜呢。"

"你以为我像你呀，拍拖就为了要流氓。我这是在慢慢培养感情。"

"呵呵，人家很厉害的，你要是敢始乱终弃，以后可没好果子吃。”

“去你的，狗嘴里吐不出象牙来！”

见周伟自斟自饮喝得挺来劲，许林道：“喝的什么酒？”

周伟给许林倒了一杯：“朋友送的自制青梅酒，试试吧。”

许林一口喝下去，只觉得味道酸酸甜甜，颇为爽口，不禁赞道：“味道还不错！”

“这酒是用三十八度的老米酒酿制的，入口顺，后劲可不小呢。”周伟说着，又给许林倒了一杯。不料还没到许林手上，却被一旁的星爵抢过，喝了个干干净净。一口酒下去，星爵先是咧了下嘴，脸上露出奇怪的表情，随后眉开眼笑，似乎觉得回味无穷。接着又将酒杯递到周伟面前。

周伟见状哭笑不得，只好又给星爵倒了一杯。星爵喝完这杯后，咂巴咂巴了半天，似乎觉得用杯子喝不过瘾，干脆两手抱起酒瓶喝了起来。

许林道：“你见过这么聪明的猴子吗？”

“听说猴子智商一般相当于人类的三四岁，有些特别聪明的，智商可以达到十岁，但我怎么感觉这家伙比成人还聪明？”

“确实，你看我今天出门没带它，它自己偷偷溜出来，一路跟着我去到了游乐场，最后还潜进蜡像馆里扮鬼吓唬我。这智商，简直是逆天了！”

似乎知道许林和周伟在谈论自己，星爵冲两人做了个鬼脸，然后继续自得其乐地喝着酒。没一会儿工夫，剩下的半瓶青梅酒居然被它喝得精光，看得许林和周伟目瞪口呆。

“这猴子真的很奇怪！你发现它时，现场有没有什么异常？”

“倒没发现什么异常。不过当时星爵手上攥着一个黑色腕带，不知道是不是它主人给它戴的？”

“什么腕带？给我瞧瞧。”

许林赶紧从卧室床头柜里找出那条腕带，递给周伟。

周伟瞧了半天，也没看出什么名堂来。他正要还给许林，不料星爵蹿过来一把抢过，秒速戴到自己右手腕上，随后在腕带中间的¤标志上用力按了一下，只见腕带发出一道耀眼的光芒。许林和周伟顿时被刺得睁不开眼。两人缓过劲来，不禁被眼前的一幕惊得嘴巴都合不拢：只见星爵的身体膨胀到原来的四五倍大小，浑身显出一种非同寻常的强大气场，让人不敢直视，而它手上那只黑色腕带更是熠熠闪光。

“外星人！”许林和周伟不约而同地惊叫道。局面发展到现在这一步，只要不是盲人都能看得出来，眼前的星爵绝对不是地球上的生物，一定是来自外星球的高等生物。

“天呐，你怎么把外星人招过来了？”周伟话中都带着颤音。

许林紧张是紧张，却没有像周伟那么失态，毕竟多年的专业训练让他还是能够保持足够的清醒和理智。他摊开双手，试着向星爵解释：“兄弟，我不知道你是外星球过来做客的，前段时间多有得罪，你大人有大量，别往心里去。”

星爵哼了一声，用食指轻轻一钩，许林放在门口角落处的棒球棍马上飞了过来，并悬浮于半空中，在星爵手指的指挥下，好似空中芭蕾一样翩翩跳跃着。

许林和周伟看得目瞪口呆。突然，星爵食指一弹，棒球棍如同炮弹一样急速飞出，“咚”的一声插在客厅墙上，三分之一的棍身都没入墙里。

许林和周伟紧张得话都说不出来。只听星爵发出一种奇怪的声音：“你们地球人太不友好了！我们的飞船在星际巡航过程中因为能量快用完，本来想临时停留地球休整一下，结果你们对我们发动了攻击，害得我们差点全部完蛋。这就是你们地球人的待客之道吗?”

周伟反应快，急忙道：“这事绝对不是我们爱好和平的中国人做的！冤有头债有主，我们帮你一起去找肇事者，一定要伸张正义、讨回公道!”

星爵冷笑道：“如果不是这个能量带让我恢复了原形，你们还要继续把我当一只猴子来耍，我实在是受够了!”说着，他抬起了右手，只见他的右手竟然变成了一只闪着金属光芒的机械爪，高速旋转着伸向许林和周伟。

许林和周伟惊慌失措，步步后退，两人都知道如果被机械爪抓中，只怕难逃一死。就在这时，突然传来“吱吱”两声，接着一个毛茸茸的家伙蹿到星爵脚下。众人一看，却是龙猫糖糖。原来周伟看电视时，闲得无聊，就把糖糖放出来自由活动。糖糖本来在茶几下面啃着玉米棒，感觉到小伙伴星爵来了，于是蹭到他脚边想亲热一下。

星爵见了糖糖，眼睛一亮，蹲下来，用左手轻轻抚摸着糖糖。糖糖闭着眼睛舒展着身体，一副超级享受的样子。

眼见星爵注意力都在糖糖身上，许林和周伟蹑手蹑脚地退到门口，准备开门偷偷溜走。不料门还没打开，只听“咚”的一声，原本插在客厅墙上的棒球棍如同标枪般插在门上。许林和周伟吓得大气都不敢出。

星爵缓缓站起身，右手机械爪又开始慢慢旋转。许林和周伟互相对望了一眼，都感到深深的恐惧和绝望。突然星爵摇晃了几下，似乎有些站立不稳，他用左手摸着脑袋，脸上露出奇怪的表情。接着“扑通”一声，星爵轰然倒地，不省人事。

面对这突如其来的变故，许林和周伟一时间目瞪口呆。还是许林先反应过来，上前两步，探了探星爵的鼻息，只觉他呼吸平稳，还响起了有节奏的鼾声。

周伟轻声道：“他是不是喝醉了？”

许林点点头。然后想到什么，赶快三下五除二摘下星爵右手腕上的黑色能量带。不久，星爵的身体便慢慢变小，很快便还原成其一开始的猴子模样。

许林看着能量带中间的ㅁ标志，好奇地按了一下，不料能量带仿佛被唤醒的精灵一样灵巧地跃到了空中。

许林吃了一惊，叫道：“快抓住它。”两人一左一右，向能量带伸手抓去。谁知能量带像是长了眼睛，在空中轻巧的一个翻转，躲过了两人的手掌，随后向阁楼飞去。

许林和周伟赶紧爬楼梯追了上去。接下来，两人和能量带在阁楼狭小的空间里展开了猫追老鼠一样的追逐，可任凭两人使尽浑身解数，始终抓不住那条调皮的能量带。

眼看就要功败垂成，许林突然心生一计，他朝对面的周伟使了个眼色，示意他出击，自己则偷偷抄起角落里的一个渔兜。

周伟心领神会，一个饿虎扑食，朝着能量带扑了过去。能量带像燕子抄水般闪到一旁。说时迟那时快，许林以迅雷不及掩耳之势将渔兜甩过去，牢牢将能量带罩住。接着，他伸手进去，小心翼翼抓住能量带，戴到自己手上。

两人松了一口长气。许林道：“看来这个能量带是外星人的黑科技，典型的开挂神器。”

周伟道：“那我们现在拿这个外星人怎么办？”

“先把他控制好。”许林一边说，一边和周伟下了阁楼。不料两人到客厅一看却大吃一惊——地上已不见星爵的踪影！显然就在两人追逐能量带的过程中，星爵苏醒过来，并逃之夭夭。

15

两人愣了半天。好不容易回过神来，许林喃喃道："没想到外星人是这样的，我居然还把它当宠物养！"

周伟突然想到了什么，猛拍了下许林肩膀："兄弟，你发达了！"

"我发达什么？"

"你知不知道这货值多少钱？国外有富豪悬赏一亿美元买一个活的外星人！这就是一座金山摆在你面前啊！"

"我是警察，你觉得我会去做这种违法的交易吗？"

"好吧，就算你不把他卖到国外，你把他交给国内的科研机构，国家也会奖你一大笔钱的。"

"可是我把他当宠物养了一段时间，也养出感情来了，如果交给科研机构，万一他们拿去做试验，我实在不忍心。"

"你想多了吧！现在全世界都没有发现真正的外星人，如果我们国家第一个发现了，你说这会不会震惊世界？说不定我们国家还要和外星国家建交呢。这可是利国利民的大好事，到时候没准咱俩都要载入史册了！"

见许林仍是一脸犹豫的样子，周伟不由分说拍板道："得了，这事就交给我了。星爵这次虽然跑了，但能量带在我们手上，他肯定还会回来找我们。我去联系相关机构，到时给他来个瓮中捉鳖。"

许林叹口气道："你们下手时小心点，千万别把他弄伤了！"

"你放心，这货比国宝还珍贵，谁敢弄伤他？再说了，他从天上砸到你轿车上都毫发无损，简直比孙猴子都皮实，你还担心他会受伤?”

当天晚上许林睡得很不踏实，整晚都在做噩梦，梦见《大内密探零零发》里的那场戏在上演：各路神医济济一堂，准备解剖神秘的天外飞仙尸体，当天外飞仙脸上的白布被解开后，里面赫然却是一脸惊恐状的星爵……

正当许林沉浸于噩梦中的时候，在听风别墅地下室里，“黑鹰突击队”成员却在和地鼠紧锣密鼓地开着情报分析会。

史密斯少校没好气道：“上次你说给你三天时间，你一定能把外星人的确切下落打听清楚，现在你能告诉我答案吗?”

地鼠抹了一下额头上的汗，低声道：“我手下找错了方向，现在还需要一点时间。”

史密斯少校勃然大怒：“你们都是吃屎的吗?每年拿了几千万的活动经费，都用到哪里去了?”

普登博士拍了拍史密斯少校的肩膀，让他息怒，然后详细问地鼠到底是怎么回事。地鼠一五一十将事情原委讲了，原来地鼠把手下的情报人员都发动起来，在越州市到处搜寻关于外星人的信息，几天下来却一无所获。无奈之际手下有个外号叫乌鸦的提议在网上钓鱼，于是登录内地所有涉及外星文明和飞碟探索的网站，在上面经常讨论外星文明和不明飞行物的论坛上发帖，高价悬赏外星人下落。三天前乌鸦收到某论坛上一个新注册的马甲“三体人”发来的邮件，说他在越州市城郊遇见了外星人，其乘坐的飞船出现故障意外着陆。乌鸦就回信问“三体人”，飞船降落在哪里。他说，外星人担心受到攻击，要求知情者绝对保守秘密，不得对外泄露此事。还说，外星人因飞船关键部件受损，需要紧急维修，他正在给外星人采购零部件，用地球上的一些汽车零配件加以改装，就可以修复飞碟。但苦于手头资金不足，需要外界援助，事成之后可以带乌鸦去见外星人。乌鸦赶紧将情况上报。地鼠听了后半信半疑，但一来“三体人”说的时间、地点刚好与M国的情报线索相吻合，二来地鼠从自己掌握的社会渠道没有打听到任何关于外星人的信息，情急之下也只好死马当活马医，于是让乌鸦给“三体人”户头上转了二十万块钱过去。不料后来再问对方外星人的情况，就没有任何回音了。

史密斯少校冷冷道：“我们在华最好的情报专家，居然被一个骗子骗得团团转！”

地鼠辩解道：“我以前的任务只是搜集军事、经济情报，拉拢策反公知，找外星人这种活我没做过呀！”

见史密斯少校一张脸气得铁青，普登博士赶紧打圆场道：“这次的任务确实难度相当大，不过还好上帝保佑，昨天我和少校逛街时有一个意外的收获。”普登博士说着，在桌上一个手机大小的小蓝盒上点了一下，小蓝盒指示灯马上一亮，对面墙上出现一个大幅投影，上面是两个打扮时尚的青年男女。因为照片清晰度不够，放大后人物相貌略显模糊。

“昨天逛街时，我随身带的‘异星物质探测器’报警，我们跟着指向发现了这两人。他们绝对和外星人有接触，或者身上带了外星飞行器上的物品。”

史密斯少校恨恨道：“可惜当时跟丢了，现在怎样才能找到这两人？”

普登博士又按了下小蓝盒，投影变成了两张大头照，从相貌来看，依稀便是之前两人，但照片明显清晰了很多。

“许林，男，27岁，现为越州市一名普通民警。夏梦，女，29岁，现在越州市海天文化传媒中心就职。两人是情侣关系。”

史密斯少校道："这女的倒没什么，问题是这男的是警察。如果他们将接触外星人的消息报上去，我们要下手可就难了！"

普登博士道："从目前我们掌握的情况来看，公众应该还不知道外星人降临的事情。但是夜长梦多，我们必须马上下手了。我已经安排人员 24 小时监视这两人，他们的住址我也已经打听清楚了。"普登博士说着，用手中的油性笔在桌上铺开的《越州市地图》上画了两个圈。

"现在开始研究行动方案。"史密斯少校话音未落，一旁的突击队队员们都围了过来。史密斯少校扫了一眼墙角的地鼠，用命令的口气道："你出去给我们准备一些消夜。"

地鼠点点头，佝偻着身子出去了。

许林思来想去，决定还是把星爵是外星人的事情告诉夏梦。一来这件事事关重大，甚至可以上升到世界和平和地球发展的高度。二来因为夏梦的缘故许林才收留了星爵，这段时间相处下来，大家都产生了感情，现在星爵真实身份暴露了，他的命运何去何从是个大问题，这种情况下还是有必要和夏梦好好商量一下。

当然这么重要的事情在电话和微信里都不好展开说，许林想把夏梦约到家里，好好谈一下，顺便也让她尝一尝自己做的家常菜。毕竟上次夏梦过来，许林牛刀小试，下了碗番茄鸡蛋牛丸面就已经让她称赞不已，这一次他准备好好施展一下厨艺，通过美食让两人的感情再深入一些。当然，因为这是一次带有私人约会性质的家宴，只能委屈周伟出去逛街了。周伟本来不情愿，最后在许林提供了三百元活动经费的情况下，才满脸不情愿地出门了。

对于许林的邀请，夏梦愉快地答应了。

16

许林准备晚餐的工夫，夏梦在给糖糖喂食。本来夏梦想和星爵玩耍，许林迟疑了一下，说星爵跑到小区的树上玩去了，一时半会回不来。夏梦见识过星爵的调皮劲儿，倒也没觉得奇怪。

忙活了半天，终于可以开饭了。许林准备了三菜一汤：芦笋炒牛肉、青椒炒肉丝、冬笋腊肉和墨鱼炖排骨。另外还开了一瓶法国红酒，一人倒了一杯。

夏梦道："今天怎么搞这么隆重啊？是不是有什么重要的事情要跟我说？"

许林拿起酒杯道："生活需要一点仪式感，不是吗？"

夏梦笑了笑，和许林碰了碰杯，各自抿了一口。

两人边吃边聊。许林做的菜很对夏梦的胃口，每道菜都让她赞不绝口。见许林吃得并不多，夏梦问道："你的菜做得这么好吃，你怎么吃这么少？"

许林没有回答她的问题，而是来了句："你觉得这个世界上有外星人吗？"

夏梦愣了一下，说道："应该没有吧。要是有的话，人类早就应该发现了。"

许林道："我小时候看过很多《飞碟探索》，那是一种有点古老的科普杂志。看多了，我就一直觉得这个世界上有外星人，毕竟宇宙中无穷无尽的星球，不可能孤零零的、只有地球人存在。可是长大后，因为现实生活的压力，我就很少再去思考这方面的问题。"

“那你现在还相信外星人的存在吗？”

“不是相不相信，而是外星人已经……”许林话还没说完，突然屋子里灯全灭了，一下子漆黑一片。许林觉得奇怪，家里好端端的，怎么突然停电了？眼睛还没适应眼前的黑暗，突然听到夏梦发出一声尖叫。许林一惊，正要起身，却发觉自己肩膀和胳膊被人牢牢地按住，完全动弹不得。紧接着嘴巴被贴上了胶布，话也说不出来。与此同时，许林感觉到家里有无数个黑影在晃动，仿佛鬼魅一般。

一分钟后，灯光恢复了，许林睁大眼睛，终于看清了眼前的一切：只见坐在对面的夏梦和自己一样，也被人牢牢按住，嘴巴上贴上了胶布。屋子里站着十几个一身黑衣的彪形大汉，不仅全部是高鼻深目的外国人，而且个个全副武装。其中个子最高、戴着墨镜的男子显然是这帮人的首领，正发号施令，指挥着手下对全屋进行地毯式搜查。

许林大吃一惊。凡是涉枪，必属大案，而眼前这十几个外国人一看就是训练有素的士兵，携带的都是制式枪械，看样子不是雇佣军，就是正规军。这帮不速之客到底所为何事？难道是冲着外星人来的？想到这里，许林不禁额头汗水涔涔直下。

除了控制许林、夏梦的人外，其余人将屋子从里到外翻了个底朝天，室内一片狼藉。但忙活半天，这帮人并没有找到他们想找的东西。

史密斯少校冲着两人恶狠狠道：“外星人在哪里？”

许林、夏梦嘴巴上的胶布被扯掉了。夏梦惊魂未定道：“你们是谁？什么外星人？”

史密斯少校阴沉着脸，对着许林道：“赶快告诉我，不然会让你们死得很难看！”

在这短短时间内，许林脑子里已经转过了无数念头，不用猜，这帮外国士兵一定是冲着星爵来的。可问题是自己并不知道星爵在哪里。

见许林没有吭声，史密斯少校不耐烦了，掏出一把装了消音器的手枪，对准夏梦的脑袋，厉声道："我数到3，你要再不说出外星人的下落，我就杀了她！"

眼见夏梦被吓得花容失色，许林来不及多想，说道："我带你们去……"话还没说完，突然门口传来"咚咚咚"的敲门声。

这阵敲门声把屋内所有人都吓了一大跳。史密斯少校做了个手势，七八名队员马上做好一级战斗准备，都把黑洞洞的枪口对准了大门。

门口又是一阵"咚咚咚"的敲门声，接着传来周伟的声音："兄弟开开门，我有急事找你。"

史密斯少校先从大门猫眼往外打量了一下，随即走过去冲着许林低声道："你去开门，让外面那家伙滚蛋！敢耍花样，我先杀了她！"说着用手枪又指了指夏梦的脑袋。

身后被几支枪顶着的许林小心翼翼地将大门打开一条缝，只见门口站着一脸喜色的周伟和一个满脸胡须的陌生男子。

"兄弟，你在约会，我就不进来了，跟你说个好消息。"

许林一边挤眉弄眼地做着怪表情，一边用不耐烦的语气道："快点说，别啰唆！"

周伟激动得完全没注意到许林的怪异表情，兴冲冲道："我刚才在附近吃饭，遇到之前合作过的朋友章帆章导演，他现在正在拍一部外星人题材的科幻喜剧片，已拉来了一大笔投资。听我说发现了真正的外星人，他很感兴趣，说我们要是能让外星人在他片子里出镜5分钟，就给我们500万。你想，咱们哪去找这么好的事呀……”

周伟还没说完，感觉到背后顶着的枪口戳得自己肉痛的许林赶紧打断他的话头道：“行，没问题，等过几天找到外星人再说。我现在正忙着呢，不奉陪了！”二话不说，就“啪”的一声重重关上了大门。

门外，章帆冲着周伟纳闷道：“你这哥们，怎么一副火烧眉毛的样子？”

周伟笑道：“他在和女朋友约会，说不定正干柴烈火忙着呢，咱们就别打搅人家好事了，反正他答应就行。”

从猫眼里看到门口两人离去，史密斯少校出了一口长气，又将鹰隼一般的目光对准了许林。这次没等他说话，许林已经主动说道：“外星人不在这里，但我可以带你们去找他。”

史密斯少校朝身旁的普登博士使了个眼色。普登博士明白他的意思，说道：“我用探测器测过了，外星人的确不在这里，只能让他带我们去找了。”

史密斯少校点点头，用枪指着许林道：“马上带我们去！”

17

“黑鹰突击队”乘坐的是一辆经过改装的别克中巴，外观看起来不起眼，里面却从枪支弹药、定位仪、干扰器到粮食、饮用水、医用救护包一应俱全。

许林的左手和夏梦的右手被一副精钢手铐铐在了一起。一路上，许林的大脑在高速运转着，思索着脱身之计。可是饶他想破了脑袋也无计可施，毕竟在这十几个全副武装的士兵控制下，想要逃走简直比登天还难。

许林也不知道星爵藏在哪里，想来想去，他将目的地指向了“红心一族”游乐场，一来那地方空间比较大，等会儿说不定可以趁乱和夏梦逃走；二来之前星爵曾在那里吓过他和夏梦，说不定还会去那儿。

一路上，许林和夏梦紧紧依偎在一起，两人知道这条路也许就是通往死亡的。许林感觉到夏梦的身体在不停地发抖，知道她心里害怕，于是贴近她耳边低声道：“别害怕，我会保护你！”

中巴开到游乐场入口时，只见工作人员小陈还在一门心思地玩着手机游戏。听到车喇叭响，他抬头扫了一眼，说道：“这里停业了，不对外开放，请回吧。”他话音未落，只听“喀喇”一声，小陈已被一名黑人队员拧断脖子，像拖麻袋一样拖到旁边角落里。许林和夏梦对望一眼，心中都是又惊又怒。

中巴开进游乐场后停了下来，所有人都下了车。史密斯少校盯着许林道：“外星人藏在哪里？”

许林道：“我只知道他藏在这个游乐场里面，但具体在哪儿我也不知道。”

史密斯少校正要发火，却听到身边传来“嘀嘀”的声音，转身一看，原来是普登博士手上拿着的探测器报警了。

普登博士大喜道：“外星人的确在这里！”顿时，突击队的成员们都兴奋起来，马上按史密斯少校的指令呈散兵状前进。许林和夏梦却是又惊又喜，两人没想到星爵真的会藏身于此地。

普登博士眼睛眨也不眨地看着探测器，只见表盘上的数字一会儿显示为290，一会儿变成60，一会儿又跳到180，最后居然像乱码一样闪烁不定，连数字都显示不了。他当下焦急道：“这附近有不明电磁辐射干扰，现在没办法测定外星人的具体方位。”

史密斯少校把许林踹了一脚，恶狠狠道：“你在前面带路，找不到外星人，我让你脑袋开花！”

许林拉着夏梦一步步往前走。两人的步子都格外沉重，因为他们知道，每走出一步，他们就离死亡更近了一步。无论最后找不找得到外星人，他们都难逃一死，除非有奇迹发生！

许林对夏梦道：“我们去蜡像馆看看吧？”说着，眨了一下右眼。

夏梦点点头道：“那里可能性比较大。”

两人在前面带路，众人往“明星风采蜡像馆”方向走去。游乐场已经彻底停业了，没有任何游客，原本在里面操纵设备的阿星也不见踪影。场内的照明灯大半都没开，在零星几盏路灯的昏暗光线下，气氛显得有些阴森。而进入蜡像馆之后，因为里面只开了一盏吊灯，光线更暗，在近百个真人大小的人物蜡像的包围下，给人一种闯进恐怖片现场的即视感。

史密斯少校冲着队员道：“这里有点诡异，大家提高警惕。”就在他提醒队员的同时，许林凑到夏梦耳边低声道：“等会儿灯一灭，赶紧趴地上。”

众人像无头苍蝇一样在蜡像馆中乱转着。史密斯少校不耐烦道：“到底在哪里？”

许林突然叫道：“天花板上有东西。”当众人目光都移向头顶的时候，许林已走到姚明蜡像前，使尽全身力气往蜡像身上一撞。只听“喀喇喇”一声巨响，姚明蜡像轰然倒地，而其高举的右手正好打在馆内唯一亮着的吊灯上。吊灯被打灭了，馆内顿时漆黑一片。随后接二连三传来蜡像倒地的声音，原来姚明蜡像倒地时仿佛推倒多米诺骨牌一样撞倒了旁边五六座蜡像。众人一时间乱成一团，到处是突击队员们大呼小叫声。

许林和夏梦蜷缩在蜡像馆的一个隐蔽角落里。两人本想趁乱偷偷溜出去，哪知道蜡像馆入口和出口处都有人把守着，根本没有逃出去的可能。

许林贴着夏梦耳朵道：“如果能活着出去，我一定要娶你！”

夏梦笑道：“我还想你带我去外星球度蜜月呢！”

此刻，外面兵荒马乱，而在这小小的角落，却充满了柔情蜜意。如果可以的话，两人只希望时光能永远停留在这一刻。只可惜，很快蜡像馆里亮起了六七支明晃晃的探照灯，许林和夏梦也被黑鹰突击队队员们从角落里揪了出来。

史密斯少校将枪口对准了许林的脑袋，杀气腾腾道：“既然你们找死，那我就成全你们！”

眼见许林难逃一死，夏梦一颗心都要跳到了嗓子眼。谁知许林突然用手指向右前方，大叫道：“外星人！”

所有人都顺着许林手指的方向看过去，只见七八米外一个泰森蜡像的头上赫然坐着一只神气活现的猴子，正是星爵。

史密斯少校不怒反笑道：“一只猴子，你对我说是外星人？”语气中充满了质疑。

就在这时，普登博士手里的探测器发出尖锐的报警声，表盘上的数字突然显示为5。普登博士喜出望外道：“这就是我们要找的外星人！”

黑鹰队员们将枪口唰唰唰都对准了星爵。史密斯少校低声道：“抓活的，用麻醉枪。”他话音未落，两名队员上前一步，手中麻醉枪“啪啪啪”几声，子弹打在星爵身上。

星爵中弹后一惊，纵身一跃，跳到旁边的叶问蜡像上，随后连蹦带跳，在蜡像之间穿梭来回。看样子，那几发麻醉弹对他没有起到任何作用。

史密斯少校脸色铁青道：“抓不了活的，死的也行。”说着准备命令手下开火。

就在这千钧一发的时刻，许林站出来大声道："别开枪！我收养过他，我能够说服他跟你们走！"

18

史密斯少校满脸狐疑地扫了许林一眼。旁边的普登博士也来了句："让他试试吧，毕竟活的更有价值。"

史密斯少校示意手下解开许林和夏梦的手铐，拿枪做了个手势道："你去和外星人谈，你女朋友留下来做人质。"

许林和夏梦交换了一个眼神，然后一步一步地向星爵走去。星爵本来在蜡像间跳个不停，见许林走过来，于是在一座金毛大统领蜡像的脑袋上坐了下来，用充满疑惑的眼神打量着许林。

许林走到距离星爵不到一米处时停住了脚步，从口袋里拿出一包香蕉干，递了过去。星爵在家时很喜欢吃香蕉，但出去玩时带香蕉不方便，所以许林经常会在身上备些香蕉干，以便带星爵出门可以随时投喂。

星爵接过香蕉干，撕开包装袋，开心地吃了起来。许林用手轻轻抚摸着星爵的头，一时间有种想哭的冲动。

这时，只听到身后传来史密斯少校那刺耳的声音："快带外星人过来！"

许林知道已经没有时间了，借着自己身体挡住身后众人视线的机会，用手握了下星爵的手，低声道："他们是坏人，你快点跑！"

许林话没说完，突然感觉后背一阵剧痛，顿时天旋地转，一下子瘫倒在地，耳边听到夏梦传来撕心裂肺的呼叫声。原来史密斯少校察觉到许林有异，一记冷枪打在他背部，将他撂倒，随后做了个手势。四五个黑鹰队员拿着银色渔网似的东西一拥而上，往星爵身上劈头盖脸罩了下来。这银色渔网由一种高强度金属丝做成，坚韧无比，一旦被它罩住，哪怕是东北虎、尼罗鳄，也无法从中挣脱出来。

不出史密斯少校所料，星爵还没反应过来，就被渔网罩了个严严实实、动弹不得。看着手下把外星人抓住了，史密斯少校发出了得意的狞笑。不料他笑声未歇，只见渔网中发出一道耀眼的光芒，紧接着控制渔网的四名黑鹰队员仿佛被雷电击中了一样，全部瘫倒在地，不停地抽搐。原本坚韧无比的渔网仿佛遇到了火山岩浆一般，慢慢融化成液体。与此同时，困在渔网中的星爵缓缓站了起来，他的身体膨胀到原来的四五倍大小，手上一只黑色腕带在熠熠闪光。原来刚才许林和星爵握手的一瞬间，已将能量带递到了星爵手中。

看着眼前这不可思议的一幕，史密斯少校已顾不上惊讶，气急败坏道："给我干掉他！开火！"一声令下，所有黑鹰队员们拿起手中的枪械对准了星爵，子弹铺天盖地倾泻过去。蜡像馆中的蜡像被飞溅的流弹击中，破胳膊断腿飞了一地。但是奇怪的是，星爵右手伸出，面前仿佛有一个刀枪不入、水火不侵的保护罩，子弹完全打不到他身上。

史密斯少校恼羞成怒，抢过一名队员肩上扛着的火箭筒，瞄准星爵，扣动了扳机。"轰"的一声，火箭弹拖着死亡的火舌飞向了星爵。

又是一道耀眼的光芒闪过，仿佛最璀璨的烟花绽放在星空，又好似不期而至的流星坠落在大地。随之而来的是一阵巨大的冲击波，整个蜡像馆几乎被夷为平地，所有的黑鹰队员都被震倒在地，痛苦地呻吟着，枪支、匕首散落得到处都是。许林和夏梦因为一早就受伤躺在地上，反而受到冲击波的伤害较轻。

许林睁开眼睛，见夏梦正一脸担心地看着自己，眼角满是泪水，于是忍痛笑道："我死不了，还要陪你一辈子呢!"

夏梦再也忍不住了，泪水哗哗地流下来。这时旁边响起一个奇怪的声音："朋友，谢谢你们这段时间的照顾。"不是别人，正是星爵。只见他蹲下来，用戴着能量带的右手在许林的伤口一按，汩汩而出的鲜血立刻止住了，许林登时感觉伤口的痛楚缓解了一大半。

许林道："星爵，你真的是坐飞船过来的吗?"

星爵点点头，挥了挥右手，能量带上银光一闪。众人只觉眼前一花，一个大巴大小的椭圆形飞行器瞬间出现在众人面前，悬浮于空中，离地大约一层楼高。

就在这时，一阵紧过一阵的警笛声急促响起。看来是晚上游乐场这边激战的动静太大了，终于有公安接到报警出动警车围过来了。

星爵看了看许林和夏梦，说道："我的飞船因为故障临时降落在地球，现在修好了，我也该回家了。再见了，朋友!"说完星爵站起身来，右手做了个手势，飞船舱门打开，一道巨大的光柱投在地上。星爵一步步向着光柱走去。

正当所有人都目不转睛地盯着星爵进入飞船时，史密斯少校偷偷从背包里拿出一个保温杯形状的黑色物体，用手在上面按了几下，然后准备旋开杯盖。

一旁的普登博士见状，震惊道："少校，别乱来!"原来，这个黑色物体是M国新研发出来的超能光爆弹，一旦爆炸，可将上万平方米内的生物都化成灰烬，威力堪比一颗小型原子弹。因为

“黑鹰突击队”接到的任务是，如果无法将外星飞行器及乘员带回M国，则就地毁灭。现在史密斯少校见大势已去，己方人员全部受伤，且已陷入重围，于是决定毁灭一切。他用指纹密码解锁了光爆弹，按照程序，只需要将光爆弹保护盖按顺时针方向拧三圈，眼前的一切都将被彻底毁灭，包括还没有离开地球的外星人和飞船。

看着众人目瞪口呆的表情，史密斯少校得意地狞笑道：“我们得不到的东西，你们也别想得到！”说着，准备将手中的光爆弹保护盖拧完最后一圈。

就在这电光石火的一瞬间，只见一道白光闪过，史密斯少校手中的光爆弹掉在了地上，而他也像一截被砍断的木桩重重倒在地上，在他的额头正中，则插着一把锋利的匕首！

史密斯少校眼里充满了难以置信的表情，似乎怎么也没有想到，自己会以这样的方式死去。

众人的目光都投向了夏梦身上。原来刚才她发觉史密斯少校准备狗急跳墙，一时来不及多想，随手抄起地下一柄军用匕首扔过去，来了个爆头绝杀。

许林叹道：“没想到你身手这么好！”

夏梦笑道：“想后悔可来不及了，以后别想欺负我哟！”

这时，悬浮在半空中的飞船突然发出一道巨大的环形光幕，接着以快得难以想象的速度一飞冲天，在天空画出一道美丽的弧线后，慢慢消失在茫茫星空中。

“你说，星爵他还会回来吗？”

“应该会吧。”

“什么？你们就这样让星爵走了？”听完许林的冒险经历后，

周伟一脸震惊的表情。

“人家急着赶回自己的星球。再说了，就咱们这科技水平，地球上还没人能把他强行留住！”

“可他在这里白吃白住了快一个月，怎么也得留下点纪念品来补偿一下我们吧。”

“这个还真没有。”

周伟欲哭无泪。突然他想到了什么，跑到阳台，在猴屋里鼓捣了半天，最后找出几块青绿色的土疙瘩似的东西，两眼放光道：“这可是外星人的便便，一定很值钱！”

许林强忍住笑，翻出手机中一张照片给周伟看：“这张照片你也用得上吧。”正是许林、夏梦和星爵以摩天轮为背景的合影。

周伟夺过手机，欣喜若狂道：“独家照片加一手便便，我们发财了！”

博物馆惊魂夜

我上中学时看了太多怪力乱神的网络小说，什么《鬼吹灯》《盗墓笔记》《茅山后裔》《藏地密码》之类的，看得都有些走火入魔，脑子里成天琢磨着摸金校尉、精绝古城、云南虫谷这些不着调的东西，高考填报志愿时更是鬼迷心窍填了一所985大学的考古系，结果各路神仙保佑，我居然以仅仅高出录取线一分的成绩考上了。

上了大学后我才发现，考古和盗墓完全是两码事：后者是破坏性挖掘，只跟钱挂钩，东西挖出来，墓葬也毁了，属于断子绝孙的缺德活；前者是保护性挖掘，既要完好挖出东西，也要保护好现场，因为还要做大量后续研究——缺点就是跟钱不搭边。

想到以后要从事的是一份毫无“钱途”的工作，我简直是欲哭无泪。再说了，整天学什么青铜去锈、陶器的粘对、田野照相、考古绘图、人骨鉴定、碳-14断代什么的，听得我头都要大了。最惨的是，我想翘课还没法翘，因为整个考古系正副教授加讲师一共十二人，而我们那一届学生才八个，想浑水摸鱼翘翘课什么的根本没可能。一开学，每人都被强行安排了一个教授做导师，这在别的专业是研究生求都求不来的VIP待遇，而在我们考古系却成了家常便饭。没办法，这年头学考古的人太少了，当老师的只好珍惜眼前人，把这些入错行的傻学生当出土文物一般好生照看着。

我的导师是罗域教授，五十来岁，口头禅是“我很看好你”。一开始他对我说这句话时，我还莫名感动了一把，心想咱从小混到这么大，文不能文武不能武，没想到居然有师长这么看好我；莫非他看出我是一个万中无一的考古奇才，心里顿时有士为知己者死的冲动。可熟了之后我才知道，这只是他的一句口头禅，和学生聊得激动时便会脱口而出，全系学生几乎都被他看好过。

不过老实说，我还挺喜欢罗域这老头。他没什么架子，休息时没事经常来我们宿舍侃大山，侃到兴致来了，便把手一伸道："来支烟，解解乏。"宿舍里早有人把烟递上。他也不管是红双喜，还是五叶神，来者不拒，美滋滋地抽上了。像他这样公然在学生宿舍讨烟抽的教授，我是没见过第二个。后来才知道，他老婆管得严，不让他抽烟，所以他每次烟瘾犯了，都会找借口来男生宿舍研讨学术。

我喜欢罗教授的第二点原因是他很善于做思想工作。有天晚上我和舍友老三在宿舍里吹水，聊到毕业后找工作这个老大难问题时，我叹了口气："唉！当初填志愿时真是脑子进了水，怎么就想到报考古专业，以后出去了都不知道有没有用人单位接收？"

我话还没说完，就感觉后脑勺挨了一下。回头一看，却是罗教授站在身后，手上拿着本《中国天文考古学》，一脸的不悦。

我赶紧解释："我只是发发牢骚，您别介意哈！"

罗教授摇摇头道："你们这些娃子真是不识好歹，不清楚情况就在这里胡说八道。要知道，咱校学考古的压根不愁找工作，每年只要到了大四上学期，就业协议就全都签好了，根本不存在找不着工作这回事！"

我赶紧恭恭敬敬地递上香烟。罗教授接过，抽了两口，说道："以前，学考古的就业面比较窄，不少是去了考古队，条件又艰苦，所以很多人不愿意报这个专业。但现在不一样，这些年国家对文博考古一块十分重视，投入了不少资源，从博物馆、研究所、考古队，到旅游产业、文物鉴定都用得上考古人才。再说咱校的考古系也是名声在外，你们还怕出去找不着饭碗。"

听罗教授这么一说，我和老三都是眉开眼笑。

罗教授看了我一眼，又道："夏瑞，从你的名字就能看出来，你注定就是学考古的料！"

我愣了一下，问道："此话怎讲？"

"你姓夏，夏朝是中国历史上第一个奴隶制王朝，相传为大禹所建立，在中国史书中有不少关于夏朝的文字记载。但是西方考古学界一直不肯承认夏朝的存在，因为到目前为止，我们还没有找到明确的夏朝遗址，同时缺乏文字等直接证据。所以找到夏朝存在的有力证据，对于你们这一代考古人来说，是责无旁贷的！"

罗教授一番话说得我和老三热血沸腾，不约而同"嗯"了一声。

罗教授又抽了口烟，慢条斯理道："你名字里带个'瑞'字，瑞的释义之一是玉制的符信，就是跟玉有关。玉在中国古人心目中是相当神圣、重要的，考古界甚至认为，在石器时代和青铜时代之间有一个玉器时代。你姓名两个字都和考古有关，你说你学考古不是天意吗？"

我被罗教授的话说得心服口服。这时老三突然来了句："老师，您看我的名字跟考古有什么关系呢？"

罗教授微微一笑："你叫范燕然，你爸妈给你取这个名字，来历应该缘于北宋范仲淹的名句'浊酒一杯家万里，燕然未勒归无计'。燕然刻石的典故你们都知道，它是史书记载的边塞记功碑最早的源头，后世以此指建立或成就功勋。《后汉书》中收录了《燕然山铭》，但此前考古界一直未能找到记功碑实物，直到上个月，中国考古界在蒙古国境内发现了东汉《燕然山铭》摩崖石刻所在。"

我和老三听得目瞪口呆，看着侃侃而谈的罗教授，感觉仿佛是那个“前知五百年，后知五百年”的刘伯温在坐而论道，一时间肃然起敬，从此再也不敢在他面前造次了。

说起来，罗教授对我还真是不错，大三暑假时，他听说我实习单位还没搞定，二话不说就帮我联系了家博物馆，馆长周晋还是他的师弟。从此我开始了痛并快乐着的实习生涯。

本来作为一个菜鸟，实习期间无非干些打杂的活，什么博物馆网站日常维护、实时更新资讯、客串展厅讲解员、答复对外咨询之类的，事倒没多辛苦，就是比较琐碎。但不是有位名人说过，要善于在工作中发现乐趣。我对这一点深信不疑，很快我就发现了乐趣所在。

乐趣就是馆里的金牌讲解员蓝月。那是我来博物馆实习的第三天，下午去第三展厅准备拍几张照片挂到网站上，结果发现有二三十名观众正围着一名青春靓丽的女讲解员，聚精会神地听她解说。见到美女，我赶紧凑上前去，看清楚了她的工牌，记住了“蓝月”这个名字。

和一般讲解员近乎程序化、缺乏感情色彩的解说不同，蓝月的解说生动有趣，并且很有感染力，她在讲解从南越国宫署遗址一口渗水井中发掘出来的写有文字的木简时是这样说的：“大家现在看到的是第一零五号和一一零号木简，上面写的文字分别是‘大奴虖不得鼠，当笞五十’‘陵得鼠三，当笞廿’。这两句话是什么意思呢？我给大家解释一下。笞是古代的一种刑罚，指用鞭子或板子打。这两片木简记录了南越国因鼠患严重，王宫里开展全民捕鼠运动，要求每人定额捕鼠五只，少一只要打十下。老奴隶阿虖一只老鼠也没有捉到，按规定要挨打五十下。阿陵只捉到三只，要挨打二十下。大家看看，哪怕是在古代的宫廷，连捉老鼠都少不了绩效考核呀！”她说到这里，顿时引来观众一片会意的笑声。蓝月也笑了。那一瞬间，我感觉仿佛春风吹过大地，万物开始复苏，也唤醒了我内心深处的某些东西。

接下来，我就混在那群观众中间，从头到尾全神贯注地听完了蓝月的讲解。等到观众全部散去，蓝月正要离开，发现我还在身后，纳闷道：“有什么事吗？”

“我是馆里新来的实习生夏瑞，刚才被你的解说吸引住了，你讲得真好！”

蓝月仔细打量了我一番，问道：“你是哪个大学的？”

“东山大学。”

“哦，那你是我师弟喽。”

一听说是同门师姐，我顿时喜出望外，东拉西扯和她聊了半天。不知不觉就到了下班时间，我干脆约她一起吃晚饭。蓝月犹豫了一下，还是答应了。

那天晚上吃了什么、聊了什么，我现在印象都有些模糊了，只记得当我高谈阔论的时候，蓝月总是若有所思地看着我，看得我只想沉醉在她迷离的目光里。

接下来两周时间，我上班比谁都积极，每天一到岗就用最快的时间忙完手上的活。然后我就屁颠屁颠地跑到蓝月面前去晃悠，晃到后来她们办公室的几个女同事一见我过去，就开玩笑道：“蓝月，你的跟屁虫来了！”

终于有一天蓝月忍不住了，趁着办公室没其他人，逮着我道：“小夏，你每天都来我办公室，这样影响不太好。”

我厚着脸皮道：“师姐，你有男朋友吗？”

蓝月干脆利落道：“没有。”

我赶紧打蛇随棍上："那我毛遂自荐一下，行不？"

蓝月愣了下，笑道："我可不想找比我小的男朋友。"

"我们老家有句俗话：女大三，抱金砖。"

蓝月给了我一记爆栗道："就你这个头，做我男朋友，我可没啥安全感。"

蓝月这话可把我刺激到了，虽说我穿上运动鞋，还没一米六八的她穿高跟鞋高，可也不能这样一针见血地损人呀。我当即没好气地回道："个子矮怎么了？拿破仑称霸欧洲，邓小平影响世界，男人靠的是胆色和气魄！"

见我一副气鼓鼓的样子，蓝月扑哧一笑道："小伙子还蛮有志气的嘛！你要是够胆的话，就和我打个赌，如果你赢了，我就考虑和你交往。"

我一听有戏，忙不迭地答应："师姐你说吧，我万死不辞！"

"那好，你敢不敢一个人在第七展厅里待一晚？"

"有什么不敢的！"

"好，你只要在第七展厅里从晚上十点待到第二天早上七点，就算你赢；如果中间你害怕了，提前离开，就算你输。"

"没问题，如果我赢了，你可得说话算话。"

"一言为定！"为了郑重其事，我和蓝月还伸出小拇指拉了下钩。

博物馆下午六点下班后会安排一个人值班守夜，这天当班的是在馆里干了二十多年的胡师傅。我知道胡师傅一个人，无儿无女，平素最大的爱好是晚饭时就着一碟花生米自斟自饮。于是六点半的时候，我拎着一瓶二锅头和在街边小店打包的一份酱牛肉、一份红油顺风，去了值班室。

胡师傅正在看卫视台放的抗战老剧《亮剑》，见到我，愣了下，问道："小夏，今天不是你们年轻人过的什么520情人节吗？你不去陪女朋友，来这儿干吗？"

我叹了口气道："咱光棍一条，哪有什么女朋友。外边都是成双成对的，咱也不想受那份刺激，还是过来陪您老喝两杯。"说着，把酒肉放到了桌上。

胡师傅见了，半是开心半是为难道："我今天当班，你跟我喝酒，不是让我犯错误吗？"

"晚上能有啥事？无非等会儿巡场走两圈。再说了，咱馆里连个鬼影都没有，你还担心晚上会有谁过来？"

胡师傅本就嗜酒如命，听我这么一说，他也不再坚持了。他从茶几下拿出两个玻璃杯来，先把酒给斟满，接着又从抽屉里拿出一袋酒鬼花生，倒在一个碟子上。加上酱牛肉和红油顺风，刚好两荤一素三个下酒菜。

喝了几口酒，扯了一通闲话后，胡师傅突然来了句："小夏呀，你信不信命？"

"咱是唯物主义者，不太相信这个。"

"你呀，还是太年轻。我跟你说，这世上的事大都是因果循环。就拿朝代来说吧，每一个朝代怎么开始便怎么结束。朱元璋早年间是当和尚的，没承想当了皇帝，但他去世以后，孙子也被逼着去当了和尚；最后明朝结束了，崇祯的女儿也出家当了尼姑。可见老朱家是欠了和尚的，子孙还要当和尚尼姑去还。天地间的事，怎么来就怎么去，这是历史的一个定律。"

我本想回一句"那汉朝、唐朝怎么说呢"，不过怕扫了胡师傅的兴致，还是咽回了肚子。

胡师傅见我的表情，知道我不以为然，于是拿起酒杯啜了一口，悠悠道："我跟你讲个我亲历的故事吧。大概是八九年前吧，我去扬州旅游，刚好有个老战友叫杨勇的，在当地做包工头，听说我去了，非要我去家里喝两杯。喝到一半，我见他愁眉不展，问他是不是有啥心事。当时也没外人，他就跟我交了个底，原来他近期接了个工程，负责在邗江区偏僻的小村曹庄进行施工，结果没想到，施工队第一天作业，就碰上事了。"

知道胡师傅在卖关子，我急忙问："啥事呀？"

"施工队的挖土机挖了还没几米深，居然挖出一座古墓来。杨勇赶紧让工人停止作业，遮盖好现场。接下来便愁死了。我问他，挖出古墓来是好事，发什么愁呀？他说这次的工程耗资几千万，本来预计一切顺利，年底就能完工，没想到才开工就挖出个古墓来。这下好了，一旦上报，相关部门介入后，工程立马无限期停工，规划方案说不定都要大改特改，前期的投资全部都要打水漂。"

胡师傅拿起酒杯又啜了一口。我见他杯子差不多空了，赶紧给他倒满酒。

胡师傅点点头，接着道："我问他，你打算怎么办？他说，早年间施工队碰到这种情况，一般会有两种法子。一种是见墓葬规模不大，怕上报后耽误工期损了财路，干脆一不做二不休，开动挖土机乱挖一气，管它墓里什么瓶瓶罐罐，全部碾得稀烂，和泥土混在一起，来个毁尸灭迹，死无对证，接下来该干吗就干吗。第二种是见墓葬规模不小，估计里面埋着什么达官贵人，就趁着晚上，安排人手偷偷挖开，里面要能找到什么陪葬的瓷器、玉器、金银器，那可就发达了，工程也不用做了，拿着宝贝连夜跑路。"

我插了句嘴："这不是犯法吗？"

“我也是这么说他的。我说，兄弟，咱们都是部队出来的，这点觉悟还是要有，钱没赚着不打紧，违法的事情可不能做啊！最后我好说歹说，算是做通了他的思想工作。第二天，他就通知了政府部门，专家马上赶到现场。”

“专家搞清楚是谁的墓了吗？”

“那还用说，几个专家跑上跑下，勘察了半天，最后得出结论：这可能是隋炀帝杨广和萧皇后的合葬墓。”

“是那个开凿大运河、迁都洛阳，因为荒淫无道、穷兵黩武亡了国的隋炀帝吗？”

“就是他。我当时陪战友在现场看热闹，就问带队那专家，这杨广好歹也是皇帝，怎么就随随便便葬在曹庄这么一个山旮旯里？专家解释说，隋朝末年，天下大乱，公元618年，江都兵变后，杨广被宇文化及叛军所杀。最开始葬于江都宫流珠堂，之后改葬于吴公台下。唐朝平定江南后，于贞观五年，将其改葬于雷塘。可雷塘究竟在哪，史书中并无明确记载。但通过对这次发掘出的墓志、陪葬品的考证，可以确定墓主人就是杨广，而扬州曹庄这座不起眼的小墓就是隋炀帝终葬之地‘雷塘’所在。”

我突然想到一个问题，忍不住抛了出来：“可是，隋炀帝的墓跟因果循环有什么关系呢？”

“关键就在这里。专家听说这墓是我那战友发现的，还特意问了他名字，说要给他报一个奖励。我战友乐呵呵地把名字告诉他了，专家听了大吃一惊。”说到这里，胡师傅又打住了，拿筷子夹了块酱牛肉，津津有味嚼了起来。

我急得不行，连忙问：“专家为啥吃惊？”

“我战友名字叫杨勇。根据史书记载，早先隋文帝杨坚立杨勇为太子，却被杨广利用阴谋诡计夺去了储君的位置。杨广即位后，更是逼迫杨勇自尽。没想到一千四百年后，草草下葬的隋炀帝居然被一个叫杨勇的包工头意外掘了墓，你说这不是天意是什么？”

我一听，恍然大悟，一阵唏嘘感叹，又和胡师傅碰了一杯。

喝到九点多，一瓶二锅头喝得底朝天，胡师傅也开始醉话连篇。我把他搀扶到值班室里面休息间的行军床上躺下来，没一会工夫，他便酣然入睡。

晚上我喝得很节制，只喝了三两多，刚进入状态。现在胡师傅倒下了，巡场的工作我自然责无旁贷。我从桌头拿了钥匙串和强光手电筒便出门了。

博物馆占地面积不大，只有一万多平方米，但沿着外部草坪围墙和内部走廊过道全部走一圈，也花了大半个小时。其间除了有只流浪猫突然蹦出来吓了我一跳外，其他一切正常。

九点五十分，我打开了第七展厅的门。室内漆黑一片，但不知怎么回事，我隐隐感觉到黑暗中有一双眼睛在窥视着我，心跳得特别厉害。我强自镇定，按下了照明开关。当灯光亮起的一刹那，展厅里的一切几乎在我面前一览无遗，除了我以外没有其他人。这时我的心才平静下来。只是不知为什么，这个展厅的灯光特别暗，给人一种压抑感。

第七展厅现在并没有对外开放，因为还处于考古研究的最后阶段。其他六个展厅里展出的都是经过科学布展后的实物、文字介绍和 3D 动漫展示。但这个展厅里却突兀地放着一副巨大的石棺，据说是发掘三号墓室时挖出来的，石棺里面的东西都转到专门的考古研究所里进行研究，具体是什么到现在还没公开，搞得神神秘秘的。至于摆放石棺的墓穴里摆放的陪葬品，大部分都陈列在玻璃展柜内，有些连文字介绍都没来得及附上。我大致扫了一圈，基本上都是铜镜、玉璧、金碗、银盒、陶瓮等，最吸引眼球的是两支一米多长的大象牙。

“滴滴、滴滴……”之前设置的十点报时闹钟响了。我这才想起最重要的事情差点忘了做，赶紧向蓝月发起了视频通话。没几秒钟，蓝月便接通了，看来她一直在等我的电话。

我对着手机摄像头三百六十度转了一圈，说道：“师姐，你看好了，我现在就在第七展厅内，准备兑现我的诺言。如果今晚你不打算睡觉的话，我就把视频通话一直开着，你随时可以看到我在做什么。”

镜头里的师姐似乎是在家中，穿着一身杏黄色的睡衣。见我这么认真，她笑道：“我相信你，你不用一直开着视频，要不万一电量不足可就麻烦了。”她停顿了一下，又道，“晚上阴气重，博物馆里可能会有一些古怪的事情发生，你如果碰到了就打我电话，千万不要强撑着！实在扛不住了就赶快出来，反正咱俩打的赌也没别人知道。”

我这时已经有点酒精上头了，没听出蓝月的话外之意，浑不当一回事道：“你放一百八十个心，我夏瑞别的没有，这点胆量还是有的。总之，今晚我一定会在这里待一夜，天王老子都别想撵我走！”

电话挂断后，空旷的展厅内一下子变得无比安静，静得一滴水落在地上都能听到声音。想到此时此刻，在这方圆一万多平方米的博物馆区域内，只有我一个人，真让人不寒而栗。哦，对了，除了我之外，值班室里还有一个醉得不省人事的胡师傅。想到这里，我心里稍微踏实了点。

怎么打发一晚上的时间？我最开始想得很简单，拿手机刷刷屏、打打游戏、看看小说不就行了。可问题是，深夜一个人置身于空虚寂寞冷的博物馆展厅内，不管拿手机做什么，都没办法投入进去，老是感觉心里瘆得慌。不管我是拿手机看新闻，还是打游戏，过不了几分钟，就隐隐感觉身边有动静，既像是风吹叶动，又像是人影闪过。于是我起身走了几圈，也没见什么异常。但这么折腾两次，整个人变得疑神疑鬼，刷屏也没心情了。

进展厅时，我特意从办公室推了张电脑椅进去，想着漫漫长夜，万一困了就靠在椅子上打个盹也好。可现在我才明白自己想多了，就算给我一张床，这地儿我也不敢睡呀！毕竟身旁几米处就放着一副巨大的石棺材。

这博物馆白天看还没什么，雕梁画栋，古色古香。可一到晚上就不一样了，整个阴气森森，简直就是恐怖片的即视感。难怪每天下班后，同事们一分钟都不愿在办公室里多待。从某种意义上来说，博物馆恐怕是加班最少的单位，因为哪怕是工作狂的领导也不愿意待在夜幕笼罩下的馆区内办公。

我本来对自己坚守一夜信心十足，因为我从小就是个傻大胆，小学三四年级时一个人走夜路都不害怕，曾经有长辈说我身上阳气重、鬼不近身。我当时也没当一回事，心想这世上哪有鬼呀，都是骗人的东西。可现在一个人置身于展厅内，周边弥漫着一种神秘而恐怖的气息，我觉得全身都不对劲了，甚至有点毛骨悚然的感觉。

“大王叫我来巡山，抓个和尚做晚餐……”手机来电铃声响了，把我吓得浑身一激灵。这个点儿，这种地方，突然响起这么欢快的儿歌声，差点没把我的魂儿给吓没了。我一看来电，是罗教授打过来的，这才松了口气。

电话一接通，罗教授那略带点嘶哑的声音仿佛扑面而来："夏瑞呀，我刚刚突然想起件事，你现在毕业论文的选题是不是还没定下来？"

我耐着性子道："是的，我现在还没想好选题。"

"我帮你想了一个。你现在不是在博物馆实习吗？这个博物馆是在南越文王墓遗址基础上建起来的，你可以接触到大量关于南越国的实物和原始资料。南越国的开国君主赵佗是个了不起的人物，他身上有很多未解之谜。我建议你把这个作为切入口好好研究一下，作为论文选题。"

这个时候，我实在没心情就此话题和罗教授展开聊，于是敷衍道："罗教授，谢谢您的提醒，我会好好考虑的。我现在在地铁上，信号不太好，回头再和您详谈。"等罗教授那边回了句"好的"，我便挂掉了电话。

罗教授为什么会在这个时候给我打电话？我思考了一下这个问题。想来想去，估计是他烟瘾又犯了，可现在放暑假又没办法去学生宿舍找人侃大山，于是打个电话给我，偏偏我又没心情陪他唠嗑。想想罗教授对我算是够不错了，等开学后得好好感谢他。

回到现实，我感觉自己现在简直就是度日如年，从来没有感觉过时间过得如此缓慢。展厅里的灯已经被我全部打开了，不过因为布展视觉效果的需要，光线不是特别明亮，反而带点惨淡的白——当然也有可能是我心理作用。从展厅入口的玻璃门往外望去，走廊外漆黑一片，感觉世界已被无边无际的黑暗所淹没。

不行，再这么胡思乱想下去的话，我恐怕要发疯了，得找点事情转移下注意力。想来想去，我决定打个电话给老三，让他陪我聊聊天。

电话拨了半天才接通，里面传来老三那不耐烦的声音："喂，啥事呀？"

"我正在博物馆里守夜，想找你聊一聊……"我话还没说完，老三就打断了："我在看电影，不方便接电话，回头有空再聊吧。"说完就挂了电话。

天哪！老三这家伙肯定是在陪女朋友看电影，要不然不会这么着急挂我电话。老子一个人待在这阴气森森的博物馆，对着一副石棺材大眼瞪小眼，他小子倒好，陪着女朋友看电影，这真是旱的旱死涝的涝死！

发牢骚也没用，还是得找个人聊聊，帮我排解此时此刻这茕茕孑立、形影相吊的孤独和寂寞。想来想去，我决定还是给罗教授回一个电话，这回不要说聊什么赵佗，哪怕聊元始天尊、通天教主我都奉陪。

谁知我兴冲冲地拨了罗教授的电话，听到的却是"您拨打的电话已关机"，估计他已经上床睡觉了。顿时我郁闷得只想撞墙，刚才罗教授主动打电话过来找我聊天，偏偏被我不识趣地挂断了；现在好了，想打电话跟他聊天，人家都已经关机了。

不过现在还有一个人不怕我打电话骚扰，那就是蓝月，毕竟如果不是因为和她打赌，我也不会像个傻子一样深夜独自待在博物馆。想到这里，我马上拨了蓝月的电话，没想到半天没人接，不知道她是在洗澡，还是已经上床睡了。无奈之下，我自拍了一张现场照片给她发过去，表明我坚守阵地的决心。

看看时间，还不到十二点，可我却感觉像过了一个世纪那样漫长。

我在展厅里踱来踱去，不知道走了多少圈，也许只有不停地走动才能稍稍缓解我心中的焦虑。西侧墙上有扇玻璃窗，我把窗帘拉开，一轮明晃晃的月亮挂在天边。想到此刻万家灯火大都已归于寂静，辛劳的人们也大多进入梦乡，而我还要陪着一个石棺材过通宵，我顿时沮丧万分。

正当我望着月亮发呆时，突然听到身后传来“喀喇”一声，仿佛冰块开裂的声音。我大吃一惊，心里闪过一个念头：“难道有鬼?”我缓缓转过身，却发现展厅内并无异常，一个人影都没见着。

我睁大了眼睛，心想难道自己听错了。可刚才明明是听到“喀喇”一声，难道是室外风吹断树枝的声音？我百思不得其解。这时一个念头涌上来：赶紧离开这个是非之地！可是，想到和蓝月打的赌，再想想她那巧笑倩兮、美目盼兮的动人模样，我又打消了临阵脱逃的念头。

突然，我注意到石棺材上方有一处在闪闪发光。我觉得奇怪，于是走上前去，想看个究竟。走近了才发现，原来棺材板上方有一个像锅盖一样凸起的圆形钮状物，上面还刻着几个像蝌蚪一样歪歪扭扭的文字，在月光的照耀下，蝌蚪文闪着奇异的光芒，甚至好像在轻微跳动着。

我以为自己眼睛看花了，使劲揉了揉，再定睛一看，那几个蝌蚪文又不动了，只是像涂了层金粉一样，光彩夺目。我搞不清楚这是什么情况，心想还是拍张照，回头请罗教授看看，这到底是什么字。于是我拿出手机，调到拍照模式，时间正好显示为十二点整。我对准那几个蝌蚪文按下了快门。闪光灯亮了一下，我只觉得整个人仿佛被炮弹的冲击波震到半空中，然后重重摔在地上，接下来眼前一黑，世界向我关上了大门……

不知道过了多久，我才从和蓝月在太空举行婚礼的美梦中惊醒。好不容易回过神来，我慢慢回忆起自己昏迷前的遭遇，还是没有搞明白到底发生了什么。

我站起身来，身体残留的痛感提醒我昏迷前发生的一切并不是我的幻觉。我环视了一圈展厅，没见到什么异常。我刚想松一口气的时候，却看到了令我难以置信的一幕——原本盖得严丝合缝的石棺材竟然打开了小半截！

我只觉得全身在发抖，从小到大听过的所有鬼故事在这一瞬间全部涌进我的脑海中，几乎要让我崩溃！

此时此刻，我已经顾不上和蓝月打的赌了，毕竟，保住命最重要！我也没有胆量再上前一步，去看清楚石棺材里面到底有什么神魔鬼怪，我只知道三十六计走为上。

在我的大脑发出逃之夭夭的指令前，我的身体已经做出了应激反应，以迅雷不及掩耳之势转过身，准备朝着门口方向狂奔。

不料我刚一转身，却差点吓得魂飞魄散——门口站着一个身穿黑色长袍、身材高大、相貌奇伟的古人，完全挡住了我的去路！我被他吓得连退几步，差点撞在石棺上。

之所以说是一个古人，是因为他一身穿着打扮完全不是现代人的风格，蟒袍玉带、冠冕堂皇、日角龙颜、不怒自威，感觉就像是古装剧中的某个帝王，又像是从中国古代某个王朝穿越过来的。

看着黑衣人一步步向我逼近，我只觉得腿脚在发软，颤声道：“你，你是谁？”

黑衣人没有想到我会问出这样的问题，怒道：“鼠辈大胆，敢问寡人是谁！”

虽然我腿脚已经软得忍不住要跪下去，但我还是强行撑着，手里舞动着强光手电筒，色厉内荏道：“你别想装神弄鬼，我不会怕你的！”

“哈哈哈哈！”黑衣人大笑几声，随即面色一沉，伸出食指轻轻一弹，我手中的强光手电筒仿佛被一股神力所控制，竟然脱手而出，在空中翻滚了几下后，落到地上，摔得四分五裂。

这下我再也扛不住了，双膝一软，跪倒在地，只差没有大叫“大王饶命”。

黑衣人伸出右手放在我额头上方，一副生杀予夺的强大气场已经完全控制了我，直吓得我呆若木鸡、汗如雨下。

“汝姓甚名谁？来此做甚？”黑衣人的话文绉绉的，但声音却充满了不可抗拒的威严。

“我叫夏瑞，是博物馆的实习生，今晚负责守夜。惊动了大王，请您恕罪！”

黑衣人皱了皱眉头，似乎有些疑惑，接着问：“赵昧呢？赵昧在何处？”

我听了莫名其妙，心想赵昧是谁。突然间福至心灵，想到这座博物馆就是在南越文王赵昧墓址基础上建起来的，黑衣人问的应该就是此人。于是急忙答道：“赵昧已经去世两千多年了。”

“什么，赵昧死了？”黑衣人一副不可思议的表情，随即喃喃道，“寡人竟被封印两千多年！”

我不明白黑衣人在说什么，只敢诚惶诚恐地跪在地上，生怕一个不小心惹怒了他，招来杀身之祸。

一会儿工夫，黑衣人回过神来，又问：“当今何人主政？”

“主政？”我愣了一下，反应过来后马上答道，“现在是公元2021年，古时候的朝代已经没有了。”

黑衣人的表情十分复杂，我不知道他是百感交集还是万念俱灰，我只知道自己已经被吓得六神无主。

黑衣人盯了我一眼，突然道：“汝知寡人是谁？”他说话的声音不大，但颇有睥睨一切的气势，显得霸气十足。

这个问题实在让我犯难。看样子，他很可能是一个从古代穿越过来的封建帝王，可古代那么多的帝王，我哪知道他是谁呀？我只好支支吾吾道：“恕，恕我眼拙，实在不知大王是何许人。”

黑衣人长叹了一口气，随后一字一句道：“寡人赵佗。”

“赵佗！”我大脑仿佛通电了一样，高速运转之下调出所有相关信息，脱口而出，“你就是那个和秦国大将任嚣一起南下攻打百越，之后乘秦末大乱时割据岭南，建立了南越国的开国英主赵佗！”

黑衣人微微一笑，颔首道：“不错，正是寡人。”

大惊之下，我马上“咚咚咚”磕了三个响头，直磕得脑袋瓜子生疼。老实说，从小到大，这算是我第一次给人行这种磕头大礼了。谁叫现在站在我面前的是赵佗，当年在岭南地面上呼风唤雨、一手遮天的一代枭雄。更何况此时此刻，我的一条小命就在他股掌之间，再不迎合讨好可就没机会了。

见我有臣服之意，赵佗大悦，右手一扬道：“汝助寡人重见天日，功劳不小，寡人当重赏于汝，汝有何求？”

我一听喜出望外，赶紧道：“大王，我想要什么赏赐都可以吗？”

我话还没说完，“滴滴、滴滴……”，之前设置的七点报时闹钟响了。只见赵佗脸色大变，说道：“卯时已过，去日苦多。欲见寡人，子时现身。”话音刚落，只见他的身影突然化为一道青烟，飘入石棺中。紧接着，本已打开了小半截的石棺材竟然“喀喇”一声合上了，直看得我目瞪口呆。

我在展厅内又转了好几圈，没有发现任何异样，就好像所有古怪的事情并没有发生一样。可身体残存的痛感和手机拍下的照片无时无刻不在提醒我，之前发生的那一切并不是在做梦！

度过了一个无比神奇且令人终生难忘的夜晚后，我用一个白天的时间去消化那些给我的头脑和灵魂带来巨大冲击的东西。好在这一天是馆里每周的闭馆日，我有时间去查找所有和赵佗有关的资料。至于和蓝月兑现赌约的事情，可以等上班见面时再说，毕竟跟赵佗现身这样惊世骇俗的灵异事件比起来，我和蓝月的那点儿女私情暂时可以往后面放一放。

一上午的工夫，我上网查阅了几十万字的资料，越看越觉得不可思议，因为赵佗的一生实在是太过传奇了，并且留下了很多未解之谜。我简单整理了一下，主要有三个：

一、赵佗为何不救秦国？赵佗早年是秦始皇麾下将领，深受其器重和提拔。公元前 219 年，秦始皇派五十万秦军南下平定岭南，初期出师不利，后来秦军在主将任嚣、副将赵佗的带领下，经过四年的奋战，终将岭南地区纳入大秦国版图。秦始皇死后不久，陈胜吴广起义，天下大乱，而赵佗手握重兵据守岭南，却坐视秦朝灭亡，始终不发兵去中原救援，其中缘由，令人不解。

二、赵佗为何能活一百多岁？《史记》和《汉书》都记载了赵佗的人生轨迹，他从秦始皇时期一直活到了汉武帝时代。按照比较大众的说法，他是公元前 240 年左右出生，公元前 137 年去世，活了 104 岁，是中国历史上寿命最长的君王。问题是，秦汉时期，男子的平均寿命只有三十岁左右，而赵佗一介武夫，从北方打到南方，克服水土不服，早年行军打仗，中年操劳国事，就这样，居然活了一百多岁，实在匪夷所思！

三、赵佗葬在哪里？公元前137年，赵佗去世。而他葬在哪里，又是一个谜。北宋的《蕃禺杂志》说，赵佗下葬时，丧车从四门出，使人无法确定墓葬的确切位置。晋代的《交广春秋》记载："越王赵佗，生有奉制称藩之节，死有秘奥神秘之墓。佗之葬也，因山为坟，其垄茔可谓奢大，葬积珍玩。"正是这些珍玩，吸引着人们孜孜不倦地去寻找。三国时孙权派了几千人到广州找赵佗墓，凿山破石，挖地三尺，却只挖出了南越国第三代国主婴齐的墓。而赵佗的墓，几千年来始终无人找到。

就是这样一个生前死后都充满了传奇色彩的人物，昨晚却犹如大神穿越一般出现在我面前，这中间实在有太多未解之谜，回想起来我依旧是惊魂未定。

想来想去，我决定去找一趟罗教授。

听说我准备将赵佗的墓葬之谜作为毕业论文的选题后，罗教授很高兴，乐呵呵道："这个选题不错，切入口虽然小，但却大有文章可做。"接着便滔滔不绝地跟我聊起南越国的兴衰，以及近年来在南越国古城遗址考古方面的发现。我耐着性子听他讲了半天，好不容易找个机会，赶紧将手机拍的那张蝌蚪文照片找出来，请他看看这是什么字。

罗教授一见照片，脸色大变，反问道："你这是哪里来的？"

我没敢说这是从博物馆的石棺材板上拍的，只说是在网上见的，觉得好奇。

罗教授郑重道："这像是古代的一种符咒，大多是巫师祭神作法时所用。但它属于孔子不屑的'怪力乱神'一类的东西，你们年轻人最好不要碰。"

我赶紧解释："因为写论文涉及古代的墓葬文化，接触到这个，所以想请您帮忙认认是什么字。"

罗教授点点头，说道："从字体上看，这是典型的小篆。我大致辨认了一下，应该是'蛮夷大长老永居华音宫'十个字。这'蛮夷大长老'指的是赵佗。《史记》中讲道，汉朝建立以后，北方乱局逐渐平定，汉高祖刘邦也急需与民休息，不想再为岭南大动干戈，于是派使者陆贾南下出使广州，承认南越国的既成事实，封赵佗为南越王。而赵佗接见陆贾时一身越人的装束打扮，并自称'蛮夷大长老'。陆贾非常生气，责怪他'反天性，弃冠带，欲以区区之越与天子抗衡为敌国'，还威胁说，汉廷可以掘烧你的祖坟、夷灭你的宗族，也可以派个偏将率十万大军剿灭南越。赵佗大笑而起说'居蛮夷中久，殊失礼仪'。但话锋一转又说：'吾不起中国，故王此。使我居中国，何渠不若汉？'意思是我没有参与中原逐鹿而已，若参与，也未必会输给汉廷。老实说，以当时赵佗雄霸岭南、手握重兵的条件来看，他确实有底气说这样的话。当然，经过一番你来我往的争锋后，双方还是坐下来握手言和。因为当时岭南初定，民心不稳，从大局考虑，赵佗同样需要与汉廷达成和解，以保南越平安。最后，赵佗欣然接受了汉朝赐予的南越王印，称臣奉汉。南越国从此每年向汉廷进贡，并开展贸易往来。赵佗对孤身南下的陆贾非常欣赏，留下他和自己饮酒作乐好几个月。赵佗老家在河北正定，陆贾的到来，让他听到了久违的华夏乡音。赵佗说：'南越人当中没有一个和我谈得来，等到陆贾来到这里之后，我才每天都能听到过去所未曾听到的事情。’于是赵佗将一宫殿命名为‘华音宫’，来表达他的乡愁和喜悦。”

罗教授一席话娓娓道来，对我来说就像是上了一堂历史课。不过现在最重要的信息已经打听到了，我也没有心思再听罗教授上下五千年、纵横九万里的长篇大论，于是借口有事匆匆告辞了。

晚上六点半，我又拎着一瓶二锅头和一份酱牛肉、一份卤鸭脖，去了值班室。

胡师傅见到我，笑道：“怎么，酒瘾又犯了？”

“胡师傅，我觉得听您一席话、胜读十年书，所以呀，一定要向您多讨教讨教。”我一边说，一边轻车熟路地从茶几下拿出两个玻璃杯，先把酒给斟满了。

千穿万穿，马屁不穿。听了我的话，胡师傅笑得脸上的皱纹都舒展开了。他抿了一口酒，说道：“我老胡是个粗人，要说什么数理化、文史哲之类的东西，和你们大学生相比差太远了。不过有句俗话说得好，‘人老成精，物老成怪’。我老胡活到这把年纪，什么古怪的事情多少也耳闻目睹过一些，所以你多听我唠唠嗑，还是有好处的。”

我顺水推舟道：“那您在咱们馆里这么多年，有没有遇见或听说什么灵异事件？”

胡师傅皱着眉头想了想，说道：“你要问这个，我就跟你讲一件我印象最深的事，不过你可别到处乱说。”

我连声答应，又和胡师傅碰了一杯。

胡师傅几口酒下肚，话匣子马上打开了：“要说咱们馆吧，最邪乎的就是第七展厅，放的都是些皇家陪葬品，从来没有对外开放过，而且里面还摆着一副石棺材，所以一般我都不去那里转悠。有一天晚上我守夜，本来应该十点左右去巡场，结果我光顾着看球赛，一直等到快十二点时才去巡场。起初一切正常，我走到第七展厅门口时，突然听到里面传来像是猫叫的声音。我心想这是哪里的野猫蹿进去了，可得把它撵出去，要不把展品弄坏可就成事故了。于是我就开门进去。当时展厅的灯带坏了，只有边角有一盏灯亮着，光线很昏暗，可偏偏石棺材板在月光下闪闪发光，比较醒目。我当时也是多事，拿着电筒过去想看个究竟，结果'啪'的一下……"

胡师傅讲到这里突然打住了，两眼发直，似乎沉浸在当时的回忆中。

我急忙追问："后面怎么了？"

"我当时就像是被一辆卡车撞了，重重摔倒在地，晕了过去。我醒来时，发现已经六点多，也就是说，我昏迷了六个多小时。可那段时间发生了什么事情，我完全不知道。事后我还特意翻看了监控录像，结果发现摄像头居然莫名其妙坏了，啥也没拍到。"

"这事这么邪乎，您怎么没跟馆里报告呢？"

"当然报告了，我直接找周馆长，把这事原原本本都讲了。周馆长也觉得此事非同小可，只是馆里展品一样没少，而且闹鬼这事万一传出去影响不好。最后，领导想了个高招，联系兵工集团订购了一批高科技的防盗安保设备。"

"啥宝贝设备？"

"这是馆里的最高机密，我可不能对你说。"

胡师傅话说到这个份儿，我也不好再问了。不过我心里也理出些头绪来，知道接下来该怎么做了。

一个嗜酒如命、来者不拒，一个心里有事、频频劝酒，不到两个钟头，胡师傅又喝得烂醉如泥，被我抬到了行军床上。接下来，我花了半小时工夫，完成了馆区巡场的任务。至于第七展厅，则是我最后要去的地方。

我把此前赵佗神秘现身时的情形在大脑里复盘了好几遍，发现有几个关键要素：一是石棺材板在月光下闪闪发光；二是蝌蚪文部分要被强光照射；三是赵佗消失前曾说了句‘欲见寡人，子时现身’，也就是说最重要的时间应该是晚上十一点到一点之间这个时间段。

想清楚后，我耗到快十二点时进了第七展厅。打开灯，灯光还是那么昏暗，展厅里一切如常，再无他人。但是我清楚，石棺材内还有一位深藏不露的大神，等着我去唤醒。

我先走到西侧，拉开窗帘，天边依旧挂着一轮明晃晃的月亮。回头一看，月光打在石棺材板上，圆形钮盖那块又在闪闪发光。

我深呼了一口气，拿着强光手电筒走上前去。为了减少不明冲击波带来的伤害，这次我做了充分的准备，身上套了件防溺水用的泡沫救生衣，头上还特意戴了顶头盔。

走到距离圆形钮盖不足一米的地方，我停住了脚步，双手合十，做了个神灵保佑的祈祷手势，然后拿着强光电筒，对着圆形钮盖照了过去。

不料没有任何反应。我左照右照上照下照，还是没有任何动静。我觉得奇怪，于是又拿出手机，打开了闪光拍照的模式。可是连续按了几次快门，闪光过后，石棺材依旧岿然不动，没有任何异常出现。

我顿时丈二和尚摸不着头脑，心想到底是哪里出了纰漏。我盯着圆形钮盖看了半天，在月光的照耀下，那几个蝌蚪文似乎又在轻微跳动着。

突然，我脑子里灵光一现，想起了罗教授帮我辨认出的蝌蚪文字，于是凭着记忆一字一句地念出了那十个字——蛮夷大长老永居华音宫。

我念完最后一个“宫”字时，只觉得眼前金光闪耀，刺得我睁不开眼。与此同时，我整个人如遭电击，瘫倒在地……

我醒来时，一睁开眼，出现在我眼前的正是赵佗。他还是那身黑衣打扮，但脸上却充满了掩饰不住的狂喜。

见我醒来，赵佗喜道：“寡人封印千年，未料被汝解开，当真天助我也！哈哈哈哈！”

我强忍着身上的疼痛，缓缓站起身来，向赵佗行了个大礼，然后问道：“大王，您说要重赏于我，是否当真？”

赵佗大马金刀道：“寡人金口玉言，岂是儿戏？汝助寡人脱封印之困，实有救驾之功，自当重赏。”

我一听喜出望外，赶紧道：“大王，您能不能赏我点金银珠宝什么的？”

赵佗笑道：“此事甚易。汝目力所及良金美玉皆为寡人身边之物，看中哪样，尽管拿去。”

我听了，心里顿时拔凉拔凉的，第七展厅包括整个博物馆内的出土物品确实都曾是赵佗的。可现在隔了两千多年，都成了属于国家的文物，并且已经登记造册，我即便有天大的胆子，也不敢偷偷拿回家。这个赏赐可没法拿！

见我一脸为难的表情，赵佗有些不悦：“汝对寡人赏赐不满？”

我急忙解释道："大王的赏赐，小人实在是感激不尽。只是这些金银珠宝我虽然喜欢，但现在都属于国家文物，我是没办法拿回去的，只能请求大王另行赏赐。"

"汝欲俸禄爵位，抑或美女奴婢？"

我心中暗暗叫苦，费了老大的劲儿给赵佗解释现在已经是公元 2021 年，他说的那些赏赐当下都没办法兑现。

听我讲到现代社会与古代社会的诸般不同时，赵佗突然道："寡人身遭大难，闭目塞听久矣，汝陪寡人出宫行走。"

我顿时犯了难，光天化日之下，我要带着这么一位两千年前的君王出去逛街，估计会被吃瓜群众围得水泄不通，说不定还会招来警察。可如果我不答应，依眼前这位大神说一不二的性子，万一脾气上来了，只怕我会有血光之灾。

脑子飞快转了几圈，我想出一条权宜之计，于是应道："大王，您这身打扮出去，容易惊动世人。不如我先带您去换一身衣服，然后您再去民间微服私访。"

赵佗点点头道："微服私访，此计甚妙。但汝切勿泄露寡人身份，以免招来杀身之祸。"

我有点莫名其妙，心想为什么泄露赵佗身份就会有杀身之祸呢。不过看他板着脸一副不欲多言的样子，我也就没有再问了。

我带赵佗去了馆区的员工休息室，从储物柜中拿了一套我的备换衣物给他穿。赵佗换衣服时，我在一旁看得目瞪口呆，这位大神实际年龄有两千多岁了，可从长相来看，似乎还不到五十岁。而从他换衣服时露出的一身虬结肌肉来看，身体素质完全碾轧我这个二十出头的年轻人，不愧是当年在战场上身经百战的统兵大将。

赵佗换牛仔裤时很不习惯，花了老大工夫，我还在旁边给他解释了半天。因为他们那时候是没有裤子这玩意的，下身穿的是类似于开裆裤的胫衣。

赵佗收拾利索后，我一看他的新造型，忍不住哑然失笑，一位满面虬髯、虎背熊腰的大叔，上身穿着印有“旷世奇才”字样的T恤，下身穿着有骷髅图案的破洞牛仔裤。最搞笑的是，本来是一套宽松的T恤和牛仔裤，结果长裤被赵佗穿成了七分裤，好在勉强还凑合；可T恤就硬生生被他撑成了紧身衣。加上赵佗头上还扎着发髻，这画面也太有违和感了！

现在一时半会儿没办法带赵佗去理发，我只好又找了顶鸭舌帽给他戴上，好歹遮一遮他头上高耸的发髻。

我带着赵佗像做贼一样偷偷摸摸从博物馆侧门溜出来。这个点是早上七点半，还不到上班的时间，正常情况下是不会撞见领导同事的，但我觉得还是小心为妙。

当务之急是找家店吃早餐。街边有家“庆余年包子铺”，我吃过几次，味道还不错，于是带着赵佗进去坐下了。我也不知道赵佗喜欢吃啥，想着各种花样都点一些吧，索性点了两个鲜肉包、两个牛肉包、两个豆沙包、两份烧卖、两颗茶叶蛋、两杯热豆浆，准备坐下来慢慢吃。

赵佗没吃过这些，每次拿起一样吃的，都要问一句：“此乃何物？”我急忙解释：“这是鲜肉包，里面是猪肉馅。”赶紧吃两口做个示范，赵佗这才下口。他一口吃完，点头道：“甚好！”

鲜肉包、牛肉包、豆沙包、烧卖和茶叶蛋都吃完后，我看赵佗意犹未尽，忙问道：“您还要点什么？”

“再上鲜肉包三十、烧卖十。”

我吃了一惊，心想，这是要打包带回去吃吗？但又不敢多说什么，还是老老实实又点了三十个鲜肉包和十个烧卖。买单时老板还好奇问道：“你这是给同事带的吗？打包这么多？”我苦笑着点点头。

接下来的事情令我终生难忘：不过十分钟的时间，赵佗将桌上堆成小山一样的三十个鲜肉包和十个烧卖全部消灭一空。他吃到最后，站在收银台的老板看得瞠目结舌，走过来道：“这位大哥真是食量惊人，我开包子铺十多年，从来没有见过这样的大胃王。不知能否合影一张，留个纪念？”

赵佗哈哈大笑：“何足道哉？寡人当年征讨蛮夷两日未食，破敌后连啖五彘肩、三斗酒，帐下皆惊。”

老板一头雾水：“大哥在说啥？我怎么听不明白？”

我见势不妙，赶紧买单，谢绝了老板的合影请求，拉着赵佗匆匆离开了包子铺。

一顿普通的早餐下来，已经花掉了我一百多元，我多少有点心痛。不过转念一想，人家一国之君能屈尊陪咱吃顿包子，这可是天大的面子。顿时也就释然了。

时间还早，我干脆带赵佗去江堤边散步。一路上他问了无数个问题：“道上移动之铁皮柜是何物？”（答曰那是轿车，省略一千字解释。）“天上所飞怪鸟是何物？”（答曰那是飞机，省略一千字解释。）“此处所立铁柱是做何用？”（答曰这是路灯，省略一千字解释。）……一路上我都在不停地解释这个，解释那个，说得嗓子都快冒烟了。

突然，我发觉赵佗没有再问问题，而是眼睛直勾勾地看着前方。我顺着他的视线看过去，只见前方二十米开外，一位戴着大墨镜、打扮入时的妙龄女子正迎面走来。她上身穿件清凉的吊带衫，胸部曼妙的曲线凸显无遗；下面是件开口较低的超短裙，一双又白又直的大长腿十分吸睛。

我见赵佗一副目不转睛的样子，暗自好笑，心想：“看来就算是两千多岁的老古董，也还是好美女这一口。”我正想调侃两句，没想到赵佗突然脸色一沉道：“光天化日之下，如此着装，成何体统？”

我吓了一跳，生怕被那美女听到，赶紧凑到赵佗耳边低声道：“大王，现在是2021年，男女平等，女人这样穿着很正常。”

赵佗重重“哼”了一声，明显不以为然。

我正想着怎么给赵佗解释一下当今社会的现状，突然感觉肩膀被人拍了一下，一看，却是那位戴墨镜的美女站在面前。

我正觉得奇怪，只见那位美女将大墨镜摘下来，朝我眨了下眼，原来是师姐蓝月。

我喜出望外道：“师姐，你穿得这么性感，又戴着大墨镜，我一时都没认出来！”

蓝月笑了笑，看到我身边的赵佗，问道：“这是你朋友吗？”

“寡人赵……”

我打断赵佗的话：“这是我三叔，地方京剧团的，来省城看我，我今天特意请假陪他到处转转。”

“那你好好陪你三叔呗。”

看着蓝月即将离去，我突然想起一件事，赶紧道：“师姐，打赌我赢了，你说话算数吗？”

蓝月回眸一笑道：“晚上我应该有空，再约吧。”

我心中狂喜，忙不迭地答应。

蓝月走开半天，我还在看着她的背影发呆。这时赵佗突然来了句：“汝中意此女否？寡人可赏赐于汝。”

我苦笑道：“大王，虽然两千多年前，这地面上所有的东西都是属于您的，但是隔了这么多年，时移世易，整个世界跟以前已经完全不同了。就像刚才那女子，她不属于任何人。”

赵佗叹了口气道：“山中一日，世上千年。寡人一觉醒来，未料天下大变！”

这时，我想起了这两天一直令我疑惑不解的一个问题，于是问道：“大王，我看史书上说您活了一百多岁，可是为什么您能够突然复活呢？”

“寡人之寿，远超凡人，若非逆孙赵眜急于篡位，阴使巫师作法，以符咒将寡人封印，寡人焉能至此？”

听赵佗这么一说，我大概明白了其中原委，无非是一出两千多年前的宫斗大戏：赵佗活得太久，他的儿子还没等到继位那一天便去世了，孙子赵眜急于继承王位，于是暗地里派巫师暗算了赵佗，将其关闭于石棺材之中。没想到两千年后，赵佗又重现人间，穿越到了现代。但这其中仍有一些未解之谜，例如赵佗为什么能够如此长寿？赵眜既然篡位成功，为何不杀掉赵佗永绝后患？等等。只是一时半会儿我也理不清其中头绪，索性不再多想。

接下来我提出带赵佗去理发，不料引得他勃然大怒。原来在他们那时候的人看来，“身体发肤，受之父母，不敢毁伤”。我费尽口舌，说现在这样男人长发束髻出门，会被人视为异类的。好说歹说，终于说服赵佗走进了街边一家名为“采云”的理发店。

当赵佗一头瀑布似的长发散开时，理发师吃了一惊，问道：“哥们儿，你是干吗的？我还从来没见过哪个大老爷们留这么长的头发！”

我抢在赵佗前面答道：“我三叔是玩摇滚的，现在结了婚，打算找点正事做，所以决定把头发剪了。”

理发师恍然大悟，竖了个大拇指道：“难怪我看这哥们很有明星范儿，果然不是一般人。”

在我的嘱托下，理发师帮赵佗剪掉长发，又给他精心做了个发型，并帮他把满面虬髯修整干净。一个多小时下来，理完发的赵佗简直完全是旧貌换新颜：一个乌黑浓密的油头亮堂得苍蝇也没法落脚，脸上胡须虽然剃得干干净净，但帅哥必备的浓眉大眼加棱角分明的方鼻阔口，掩饰不住满满的荷尔蒙气息！老实说，就这 man 到爆的长相身材，完全吊打当下荧屏上的一众小鲜肉。

不过最后买单时，理发师报出的价钱却吓了我一跳：六百元！

我愤愤道：“你们这不是宰客吗？我平时出去理个发也就三五十元，怎么你们这里理发要这么贵？”

理发师赔着笑脸道：“先生，如果是给你做一般的洗剪吹，五十元也就够了。可你三叔不一样，他的头发比一般女人的头发都要长很多，而且应该很久没有打理，头发都打结了，弄起来非常麻烦，从剪发、洗发、修面、做造型，我可是把看家本领都使出来了。你看最后这效果，完全可以去拍明星定妆照了。我收你六百元，纯粹就是一个友情价。”

理发师这么一说，似乎也挺有道理。再看赵佗，正对着镜子左顾右盼，似乎对自己的新发型颇为满意。可我还是心痛口袋里的钱，于是哭丧着脸道：“我没想到理个发这么贵，你还是便宜点吧。”

理发师犹豫了一下，说道：“这样吧，你三叔这么长的头发我也是第一次做，最后出来的效果我很满意。不介意的话，我拍两张发型照片，以后摆在店里做宣传用。作为交换，我可以减免一半的理发费用。”

我一听喜出望外，赶紧拉着赵佗配合理发师拍了几张照片。好歹省了三百元，这个便宜不占白不占。

从理发店出来时已近十一点，我陪着赵佗一路走马观花地闲逛。他看到什么都很好奇，我只好不厌其烦地给他耐心解释。我也不知道他听明白了多少，毕竟把一个犯人丢进大牢里关上三十年，出来后都会感觉恍若隔世，更不用说一个两千多年前的古人突然掉到现代社会了。反正如果是我，肯定一时半会儿适应不了这么巨大的反差。

走着走着，经过一个社区篮球场，七八个二十来岁的精壮小伙子正在打篮球。赵佗的目光被吸引住了，他停住脚步道："他等所为何事？"

我赶紧解释："他们在打篮球。"

"何谓打篮球？"

我正犯难怎么解释"打篮球"，突然眼前一黑，一只大手挡在我面前，牢牢抓住了一个急速飞来的篮球。

大脑经过几秒钟的高速运转和画面回放，我终于反应过来，刚才应该是那帮小伙子打篮球，其中一人盖帽时用力过猛，将球盖出场，并且不偏不倚砸向我的脸。如果不是赵佗伸出龙爪抓住篮球，只怕我已经满脸开花了。

想到这里，我暗自庆幸躲过一劫。就在这时，对面小伙子中个子最高的那个光头仔冲着我们喊道："喂，快把球扔过来！"

我听了，顿时气不打一处来，心想这帮愣头青真是没家教，篮球差点打到人了也不道个歉，反而出言不逊。

见我们没反应，那光头仔又来了句："听见没有？快把球扔过来！"

我还没来得及发火，却听赵佗怒道：“竖子焉敢无礼!”话音未落，便将篮球朝那光头仔抛了过去。也不见赵佗用多大的劲，只见篮球却如同流星赶月一般飞了出去。光头仔正打算伸手去接，不料篮球飞来的速度快得惊人，直接突破他双手防线，重重砸在他脸上。众人都大吃一惊，再看光头仔，已是鼻青脸肿了。

这下肯定是捅了马蜂窝。我拉着赵佗想赶紧溜之大吉，不料赵佗纹丝不动，一脸蔑视地看着对面众人凶神恶煞般地围了上来。我心急如焚，却又不敢一个人跑路，只好缓缓移步，躲到赵佗身后。

我等他们近了才发现，这帮人一个个看上去四肢发达、头脑简单，好几个身上还刺着龙虎豹的文身，样子既不像学生，又不像职员，倒像是一帮游手好闲的社会青年。而那个光头仔似乎是他们的老大，只见他捂着肿了一块的额头，咬牙切齿道：“敢到我的场子来找事，我看你是不想活了！弟兄们，给我……”

光头仔一个“上”字还没说完，只见赵佗右手直接盖住其脑袋，“啪”的一下将其按了个狗啃屎。这一下电光石火，速度快得惊人，光头仔丝毫没有还手就被秒杀了。

对面众人面面相觑，一时不知如何是好。这时趴在地上的光头仔抬起头来，满嘴是血地扯着嗓子道：“看个屁呀，快动手!”经他一吆喝，一群人呈环形包围过来。说时迟那时快，只见赵佗快如闪电般冲出，在人群中倏进倏退，简直分不出是人是鬼。

随着“砰砰砰砰”声音不断，不过十余秒工夫，对方七八人已经全部倒在地上，一个个哭爹喊娘、叫苦不迭。这时，原本趴在地上的光头仔也爬了起来，见势不妙，就要偷偷溜走。不料，他刚跑出两步，就被赵佗一手抓住。随后令在场所有人震惊的场面出现了，只见赵佗右手抓住光头仔腰部，将其缓缓举过头顶，杀气腾腾道："以下犯上，死有余辜！"看他这架势，竟是要将光头仔活活摔死。

此时周边已经围了一圈看热闹的人，有的甚至拿出了手机准备拍照。我一见大事不妙，心想："要是赵佗杀死这小子，那就糟了，他能一走了之，我可跑不了呀！"想到这里，我急忙扑上前去，抱住赵佗大腿道："大王，看在小人情面上，饶了此人吧。"

见我求情，赵佗将光头仔随手扔在地上，说道："滚！"这帮人如蒙大赦，赶紧搀扶着光头仔，灰溜溜地走了。

眼见旁边看热闹的人越来越多，不少人还在指指点点，我灵机一动，大声道："各位朋友，我们《帝国骄雄》剧组在这里取景，刚才是在进行拍摄前的走场试戏。惊动了大家，实在不好意思！"说着，我掏出手机，装着接听电话道，"导演，走场一切顺利。好的，我们马上过来。"我一边自说自话，一边拉着赵佗的手，迅速离开现场。

走在街上，我忧心忡忡，本想着从赵佗身上捞点好处，没想到啥好处没有，现在他反倒成了个烫手山芋，还是早点让他从哪来回哪去好了。可眼下看他这兴致勃勃的样子，完全没有要回去的意思，这就不太好办了。

我正打着自己的算盘，突然听到赵佗来了句："寡人要用膳。"我一看时间，现在都过了十二点，确实该找地方吃饭了。可一想这老兄早餐就吃了四十多个包子和烧卖，这般远超常人的饭量，上好一点的馆子我真怕自己会被吃破产。正踌躇之际，我猛然发现对面街头有一家"庄稼园"火锅店，门口广告牌上写着几个大字："欢迎天下客 牛羊肉任吃 127 元一位"。

我顿时大喜过望，马上拉着赵佗兴冲冲地走进去。店里客人不多，我们刚找了张桌子坐下，一名精干的男服务员走上来道："两位先生是来用餐的吧？我们店是一百二十八元一位任吃，可乐、雪碧、王老吉等饮料任喝，酒水另算。菜品有精品肥牛、羔羊肉、手打牛肉丸、牛百叶、午餐肉、虾滑、鸭血、冻豆腐、蔬菜拼盘、芝士年糕、葱油饼……"

服务员还没说完，我就打断道："先来十份精品肥牛、十份羔羊肉、两份手打牛肉丸和两份牛百叶吧。"

服务员几乎不敢相信自己的耳朵，愣了一下道："先生，你叫的这些菜品分量足够六七个人吃的，你们两个人吃不完的。"

我大咧咧道："开饭店的不怕大肚汉，你放心，我们绝对能吃完。"

服务员又指着桌上一块提示牌道："先生，为了避免浪费，我们这边吃不完的食物不允许打包，要按每五十克五十元另外收费的。"

"没问题，肯定消灭干净。"

服务员又道："先生，你们要喝点什么酒水？"

"酒水不用了，来两罐王老吉吧。"

一会儿工夫，菜品都上来了，在桌上层层叠叠堆成金字塔状。那名服务员则一脸狐疑地站在旁边，似乎要监督我们是否作弊。

等了一会儿，见锅底已经沸腾了，我先将牛肉丸全部倒进锅，然后用漏勺慢条斯理地涮起了牛羊肉。涮好后，马上给赵佗盛了一碗，并告诉他怎样配合不同调料来进食。

赵佗慢慢尝了几口，顿时赞不绝口。接下来半小时工夫，我俩大快朵颐，将一桌的牛羊肉风卷残云般吃得干干净净。一旁的服务员看得瞠目结舌，似乎没有料到我俩真的如此能吃。

桌上扫空后，我已经吃撑了。但见赵佗一副远没尽兴的样子，于是我又招呼服务员道：“再来五份精品肥牛、五份羔羊肉，另外午餐肉、虾滑和鸭血各一份。”

服务员哭丧着脸道：“先生，你们点这么多，真能吃完吗？”

我笑道：“你放心，我三叔是大胃王，绝对不会浪费一点菜。”

等了半天，最后服务员拿上来的，除了午餐肉、虾滑和鸭血各一份，另外只有一份精品肥牛和一份羔羊肉。我正觉得奇怪，身后却冒出一位矮胖子来，只见他满脸堆笑道：“两位大哥，我是本店的老板，如果有招待不周得罪的地方，请多多包涵！”

我觉得奇怪，说道：“没有啊。你们店的火锅非常好吃，我三叔吃了还想吃，完全停不下来。”

胖老板抹了抹额头上的汗，赔笑道：“真是不好意思，刚才两位一口气吃了二十四份牛羊肉，价值都超过七百元了。本店是小本生意，利润微薄，两位再这样放开吃下去，本店实在消受不起了。所以请两位高抬贵手，就此打住吧。”

见胖老板一副可怜兮兮的样子，我也不好强人所难，只好答应了。接下来，胖老板就取代了服务员，侍立在我们身后，看着赵佗轻松惬意地吃完了桌面上的午餐肉、虾滑、鸭血和牛羊肉，不由得目瞪口呆。

买完单后，胖老板将我们送到门外，然后指着斜对面的一家馆子道：“兄弟，对面那家‘福仙来’也是吃自助火锅的，下次你还是去他家吃吧。我们这里庙小，实在容不下大佛。”我笑着答应了。

吃饱喝足了，算了下账，从早上出门到现在，光吃饭和理发，我已经花掉了六百多元，真让人肉痛。下午可不能再这样瞎逛下去，要不然下周我都没生活费了。想来想去，还是带赵佗去我住的出租屋里歇一歇吧。

附近没有公交站，我只好拦了辆的士，带着赵佗坐了上去。一路上，赵佗好奇地看着车内的构造和车窗外的风景，半天没有说话。等到了目的地下车后，赵佗叹了口气道："昔日若有此铁车八千，寡人挥师北上，岂容逆贼翻天？"

我听了一头雾水，想了想才明白赵佗的意思应该是，当年如果他有八千辆车，载着士兵赶赴千里之外的都城救驾，项羽和刘邦就没有机会覆灭秦朝了。老实说，如果他带兵赶过去了，还真有这种可能。当然，历史就是历史，过去的已经没有办法改变了。

见赵佗表情凝重，我安慰他道："大王想开点，不管是秦始皇，还是项羽、刘邦，现在都已经化为尘土；只有大王您，两千年后还能站在这里笑看风云，所以您才是最后的赢家！"

赵佗摇了摇头道："时也，命也！"

我也不知道该说什么好，只能默默地带赵佗去了我住的出租屋。屋子不大，只有十几平方米，带个简陋洗手间，屋内除了一床一桌一柜一椅外，几乎别无他物，因为也没有多少空间再放别的东西。不过好处是房东有先见之明，居然摆放的是上下铺的双人床，这倒是帮我解决了睡觉的难题。

手机响了一下，我拿起一看，却是蓝月发来一条微信"？"，除此之外一个多余的字也没有。我这才想起来上午和她的约定，赶紧回了条微信："师姐，晚上我请你去吃酸菜鱼，好不好？"不一会儿，蓝月回了个"OK"的表情。我赶紧把时间、地点发给了她。

这时，在屋里逛了一圈正有些无聊的赵佗看到桌上放的华为笔记本电脑，好奇道：“此乃何物？”

我噼里啪啦解释了一通后，突然想到晚上约会我肯定不可能带赵佗过去，那总得给他找点事做打发时间吧。刚好我电脑里下载了一整套的《韦之清讲中华史》，是国学大家韦之清的史学讲座，将上下五千年的中华史，从三皇五帝到宋元明清一路讲下来，足足上百个小时的视频，加上海量的历史文物图片，够赵佗看个三天三夜了，而且刚好也可以给他恶补一下相关的知识。想到这里，我赶紧给赵佗简单讲了下电脑操作，然后三下五除二打开视频放了起来。不出我所料，几分钟下来，赵佗便看得目不转睛。

昨晚经历了太多事情，我都没有好好休息一下，现在可得补个觉先。我简单洗漱了一下，定了个五点的闹钟，便上床睡大觉去了。

这一觉睡得真香，我甚至都做了一个回味无穷的美梦，梦见自己随赵佗回到了两千多年前的南越国。因为救驾有功，赵佗封我为御史大夫，负责监察文武百官。又赏赐我黄金万两、良田千顷、姬妾奴婢百余人，其中一名妙龄女子容貌竟和蓝月有几分神似。我按捺不住内心的骚动，令众人退下，唯独留下美女服侍我就寝……

“滴滴、滴滴……”尖锐的闹钟声将我从想入非非的美梦中惊醒。我沮丧地揉了揉眼睛，这鬼闹钟要晚响一刻钟，我都可以一亲芳泽了，现在倒好，一场春梦戛然而止，真把我给郁闷死了！

我看了眼赵佗，见他还在聚精会神地看着讲座视频，不过他居然看到“贞观之治”了，这个速度可够快的。

我好奇道："大王，您这么快就看到唐朝了?"

赵佗扫了我一眼，说道："寡人用快进。"说得我愣了一下，没想到这位大神对于现代科技上手还挺快的。

我换上一套新衣服，又朝头发上喷了些啫喱水定型，对着镜子照了半天，感觉自己帅得直逼《阿飞正传》中的梁朝伟，于是兴冲冲准备出门了。就在这时，我突然想到一件为难的事：我的晚饭是有着落了，可赵佗的晚饭怎么解决?

我在屋里扫荡半天，总算搜刮出两个桶装方便面和一盒德芙巧克力。虽然有点寒碜，不过聊胜于无吧。我把"干粮"放到赵佗面前，说道："大王，我晚上有事出去一下，这些食物您先……"

我话还没说完就被赵佗打断："寡人平日过午不食。"

虽然被粗暴地拒绝了，我心里却放下了一块石头。

和蓝月约的是六点整在"阿强酸菜鱼"碰头，我提前一刻钟就到了，找了个角落靠窗的位置坐下，翻开菜谱慢慢看以打发时间。

当我把菜谱看到第三遍时，蓝月终于飘然而至。她还是穿的上午那身清凉吊带衫和性感超短裙，不过身上多了一股淡淡的香味，看来是喷了香水。

"师姐，你看看想吃什么?"我把菜谱推到蓝月面前。

"我没什么忌口，吃辣的也没问题，你随便点吧。"

我点了四个菜：招牌老坛酸菜鱼、香辣虾、口水鸡和上汤菜苗。主食是红油抄手和鸡丝凉面，另外又点了杨枝甘露冰粉作为甜品。

"不用点这么多菜，吃不完浪费呀!"

“今天是你成为我女朋友的特殊日子，我们当然要大吃一顿庆祝一下！”

蓝月扑哧一笑：“我可没答应做你女朋友哦。”

我急了：“师姐，不是打赌说好了，只要我在第七展厅里从晚上十点待到第二天早上七点，就算我赢。现在你怎么能够说话不算数呢？”

“可我答应的是‘如果你赢了，我就考虑和你交往’，这个和做女朋友还有一段距离吧？”

我脑子里翻来覆去回想了半天，好像还真是师姐说的那样。怪只怪我美色当前没有细想，上了师姐的道了。

见我一脸懊恼，蓝月忍俊不禁道：“好啦，逗你玩的。”被她这么盈盈一笑地调戏下，我心里的无明业火马上消得干干净净。

“以前我听人说第七展厅夜里闹过鬼，你在那里待了一整晚，没发现什么异常吧？”

被蓝月这么突然一问，我心里一咯噔，反问道：“你听说过第七展厅夜里闹鬼的事，还让我在那里待一晚，你就不怕我出事吗？”

蓝月用手拂了拂额头的秀发，说道：“我不太相信那些神啊鬼啊的东西，而且我对男朋友有个要求，就是一定要有勇气和担当，这样才能给我足够的安全感。我这个要求不过分吧？”

“当然不过分。师姐，我可是按你的要求，在第七展厅里待足了一晚，半步都没出来过。”

“那你有没有遇见什么奇怪的事情？”

我正要把赵佗复活这件大事和盘托出，脑子里猛然想起赵佗的警告‘切勿泄露寡人身份，以免招来杀身之祸’，于是强行咽回要说的话，敷衍道：“唉，大晚上我一个人对着一堆破展品，能有啥事儿？”

蓝月脸上露出失望的表情。我心里觉得奇怪，问道：“师姐，怎么我觉得你似乎希望夜里展厅里发生点什么？你是不是有事瞒着我？”

蓝月犹豫了一下，说道：“我读小学时，爸妈带我看过电影《博物馆奇妙夜》，给我印象很深。那段时间我做梦都在想博物馆深夜会不会发生什么神奇的事情，越想越觉得有趣，这也影响了我大学毕业后选择进入博物馆工作。来咱们馆后，我听人说第七展厅夜里出过灵异事件，大伙传得神神叨叨。我很想去看个究竟，但是馆里有规定，出于安全考虑，女同志晚上一律不得待在馆内，所以我只好找信得过的人帮我去看看呗。”

我一听，顿时气不打一处来：“搞了半天，原来你只是利用我来满足你的好奇心。好了，我现在没有利用价值了，你也可以把我踢开了！”

见我气鼓鼓的，蓝月突然伸出右手，按在我放在桌面的左手上，用她那双会说话的大眼睛温柔地看着我，轻声道：“对不起，我没有考虑到你的感受。”

作为一个两年多都没有和女生有过肢体接触的单身狗，被她滑如凝脂、柔若无骨的玉手按着，这种感觉美妙极了！我的城堡世界顿时轰然崩塌，只觉得去第七展厅待一晚算什么，就算是让我上刀山下火海，只要她一句话，我也会毫不犹豫就去了。

我不知道说什么好，只是下意识地伸出右手，轻轻放在蓝月的右手上。这一刻，我能感觉到怦怦的心跳声，不知是她的，还是我的。

可惜这美妙的时刻很快就被打断了，服务生端着一大盆老坛酸菜鱼走过来，我只好怅然地松开手。

我不想刚才那短暂的令人飘飘欲仙的神奇时光就这样匆忙结束，于是问道：“师姐，我们晚上去看电影好吗？有部新片《电影迷的奇幻之旅》刚上映，应该很对你的胃口。”

蓝月掩住嘴吃完口里的鱼片后，说道：“我今天上班有点累，要不下次吧。”

我有些失望，不过听她话里意思，下次还有机会。这样也好，水滴石穿，绳锯木断，趁着这段朝夕相处的机会，咱争取来个日久生情。

一刻钟工夫，四道菜都上齐了，我和蓝月边吃边聊。看得出这几道菜都挺对她的胃口，她吃得香汗淋漓，连忙吃了几口冰粉来解辣。

“今天的菜是不是太辣了？”

“是有点辣。不过我觉得平时清淡的吃多了，偶尔尝尝辣的，还蛮过瘾的。”

“其实辣味并非一种味觉，而是一种痛觉。”

“是吗？我还是第一次听到这种说法。”

“人的舌头能够感受到的味道只有酸甜苦咸四种，人在品尝含有辣椒素的食物时，辣椒素会激活口腔和咽喉部位的痛觉受体，它通过神经传递将信号送入中枢神经系统，让人感觉到‘辣’。这时，人会心率上升、呼吸加速、分泌体液，同时，大脑释放内啡肽，从而让人产生一种愉悦感。”

“难怪我现在感觉很愉悦，原来是这个缘故。”

蓝月说这话的时候，我也无比开心。当然我知道自己开心不是因为吃辣，而是因为喜欢的人正在我面前绽放笑容。

正当我心花怒放的时候，蓝月突然来了句：“你能不能哪天晚上带我去第七展厅看一看？”

我一听，顿时犯了难，一来这可是明目张胆违反了馆里的规定，二来万一惊动神灵恐怕会惹出祸端。

我本想婉言谢绝，可见到蓝月一副卖萌哀求的样子，顿时心中一软，暗想：“好不容易有个和佳人独处的机会，大不了那晚我不去招惹神灵，就陪她在展厅待一晚好了。”

心里虽然答应了，不过我还是想先占点便宜，于是厚着脸皮道：“我如果答应你，可是要冒很大的风险，你能给我什么奖励吗？”

蓝月俏皮地一笑，右手做掌状放在嘴边，努起小嘴轻轻嘣了一下，朝我飞了一个吻。这一刹那，我仿佛被一个真实的吻击中，只觉得心中一醉，神魂颠倒，一时不知身在何处。

回到宿舍已是晚上十点多，我想古人有早睡的习惯，赵佗应该已经上床休息了，于是开门时轻手轻脚，生怕惊动了他。没想到开门一看，家中空无一人。我吃了一惊，从里到外仔细找了一遍，仍不见赵佗踪迹。倒是书桌上用水果刀插着一张纸条，上面竖着写了两排字：

巫师现身，寡人当手刃仇寇。十日后子时见。

这几句话写得没头没尾，我一时不明白是怎么回事。正想着字里行间的意思，突然我发现笔记本电脑上显示着一个暂停的新闻视频。记得我给赵佗看的是下载的史学讲座，那么这个新闻视频应该是他自己从网上打开的。

我好奇地点开这个视频，只见一个着装前卫的女主播用夸张的口吻播报：“近日，有市民在我市中山四路南越国宫署遗址附近，深夜发现有神秘男子飞檐走壁，身手酷似蜘蛛侠。从市民拍摄的视频可以看到，该名神秘男子身着深色长衫，行动如风。有专家分析，该名男子极有可能是隐藏民间的武林高手，至于其为何要在深夜出没，或许是练功需要，担心白天会惊吓行人。”从视频看，长衫客一路踩在围墙上，仿佛蜻蜓点水般来去自如，速度极快。因为距离较远，没办法看清楚其五官长相。

武林高手晚上在文物遗址处练功，还给路人拍下视频？想想都知道是无稽之谈。不过赵佗看这段视频是为什么？难道是……突然间我福至心灵，联想到纸条上的留言，莫非长衫客就是受赵眜指使暗地作法，以符咒将赵佗封印的那名巫师？如此一来，倒是可以解释赵佗为什么突然消失、要去“手刃仇寇”。那自然是去找巫师算账了。可问题是，那名巫师为什么也能来到两千年后的今天？这可真把我搞糊涂了。

想来想去，我实在理不出个头绪。算了，还是不想了，等下次见到赵佗，直接问他个明白好了。

接下来一周，我时刻关注着本市坊间的各种新闻。因为我知道，两名两千多年前的古人突然来到现代社会，一定会闹出不小的动静来。一个是威震岭南的一代枭雄，一个是身怀秘术的奇人异士，两人又有不共戴天之仇，势必会惹出轩然大波。我在心里暗暗祈祷，无论是什么深仇大恨，都已经过去两千多年了，希望两位大神能够化干戈为玉帛，相逢一笑泯恩仇，不要再打打杀杀了。毕竟一旦打斗，难免会有死伤，且容易殃及无辜，还是以和为贵的好。

不知是我的祈祷发挥了作用，还是赵佗没有找到巫师，这段时间一直风平浪静，无论是官方报道，还是小道媒体，都没有任何关于这两人的消息，感觉他俩就像人间蒸发了一样。只是每次当我走进第七展厅，看到石棺上方圆形钮盖上的那十个蝌蚪文时，我都会心惊肉跳一番。因为我洞悉了一个惊天秘密，可对谁都不能说，我只能把它狠狠地憋在肚子里。

这期间最大的收获是，我和蓝月的关系有了突破性的进展：一周多时间，我们私下里约会了三次，在一个月明星稀的晚上，我终于鼓足勇气牵到了她的手。对于一个二十年来还没有成功拍过拖的单身狗来说，这在我恋爱史上具有划时代的意义！

不过让我觉得有点不舒服的是，虽然我自认为和蓝月已经是男女朋友了，可在馆里公开场合，她一直对我表现得不冷不热，给人一副生人勿近的感觉，甚至还没有刚见面时对我那么热情。对此，我想来想去，觉得她应该是不想在同事面前表现得和我太过亲热，毕竟有句话说得好：秀恩爱，死得快。

还有件事也让我颇为头痛，在蓝月的软磨硬泡下，我已经答应周末晚上带她去第七展厅看个究竟，可胡师傅那边还没能打通关节。之前两次喝酒都被我灌得酩酊大醉，事后胡师傅终于感觉到有点不对劲。一天他把我叫到值班室去，板着脸道："小夏，你把我灌醉了后，晚上在馆里瞎晃悠啥？"

我愣了一下，反应过来后笑道："我那是酒喝多了，在馆里走两圈散散酒气，顺便也帮您巡巡场。"

"那你去第七展厅里面干什么？"

我心里一惊，强作镇定道："你怎么知道我去第七展厅了？"

"我看了监控录像，你开门进了第七展厅，不过录像后面黑屏。你小子到底在里面搞什么鬼？"

听胡师傅一说，我这才放下心来，找了个借口道："我巡场时听到第七展厅里传来猫叫声，怕有野猫把里面的展品搞坏了，所以进去看个究竟。”

“那你见到什么异常了吗？”

“没有，鬼影都没见着。胡师傅您不是跟我讲过第七展厅里的事吗？我见没什么异常，就赶快出来了。”

听了我的话，胡师傅半信半疑，他皱着眉头道：“第七展厅是有点邪门，你没事不要随便进去。还有，以后你可别再想把我灌醉，我老胡可不想因为喝酒误了正事。”

我“嗯”了一声后，马上想到答应蓝月的承诺，又硬着头皮道：“胡师傅，您能不能帮我一个忙？”

“什么忙？”

“我想晚上带女朋友到馆里看一看，您能不能通融一下？”

“绝对不行！馆里的规定你又不是不知道，要是让馆长知道了，我们俩都得卷铺盖滚蛋。”

听到胡师傅斩钉截铁毫无回旋余地的回答，我叹了口气，就想告辞。不料胡师傅喝了口茶后，突然想起了什么，问了句：“小夏，你女朋友是谁呀？”

“蓝月。”

胡师傅嘴里一口没喝完的茶差点喷出来，缓过劲来道：“你俩怎么谈上了？”

我没好气道：“我喜欢上她了呗。不过你不帮我这个忙，估计我和她很快也没戏了，因为她会觉得我没用，连这点事都搞不定。”

胡师傅犹豫了一下，说道：“算了，看你人还比较厚道，我就破例帮你这个忙。晚上你可以带蓝月在馆里看一看，不过只能待一小时。”

我喜出望外，连声称谢。胡师傅摆了摆手，没有再说什么，继续对着电视看他的《亮剑》去了。

我带蓝月去第七展厅的时间是周六晚上九点，因为胡师傅说他十点开始巡场，让我们在他巡场之前走人。对于这个要求我当然是满口答应，毕竟我也不想晚上在阴气森森的第七展厅里待太长时间。

同样一个博物馆，晚上和白天的环境氛围天差地别。我打着手电筒和蓝月走在幽暗的连廊里，总感觉黑暗中有无数双眼睛在盯着自己，心里直发虚。我倒还好，反正已经摸黑来过几次，也算轻车熟路。蓝月到底是晚上第一次来，紧紧抓住我的手，身子也和我贴得很近。我很享受这种被她依靠的感觉，心想下次得找个机会带她去看恐怖片。

走着走着，蓝月突然来了句："你说世界上真的有鬼吗？"

这个时候突然冒出这么一句话，可把人瘆得慌。蓝月之前说自己不太相信那些神啊鬼啊的东西，现在看来，她一到关键时刻，胆量还是不够。

不过这会儿也正是我表现的时候，我故作豪气道："你放一百八十个心，有我给你做护法，神挡杀神佛挡杀佛。"

蓝月小声道："可我还是有点害怕。"

我笑道："我给你讲个传闻，你就不害怕了。这传闻还是胡师傅讲给我的。他说三十年前他当兵的时候是在马坝的炮兵营地，附近有个年头久远的乱坟冈，葬的都是旧社会的孤苦之人。老是有值班哨兵反映，晚上值班时经常看见个穿白衣的人影。人在远处一动不动，但人一过去他就消失不见。传来传去，兵营里一时人心惶惶。"

"后来怎么样了？"

"后来政委觉得这样子下去不行，就和营长商量了一下，请来了一位'大师'。"

"大师？"

"那位'大师'不是人，是一门105榴弹炮，本来要搞实弹演练，刚好让炮手对着乱坟冈来一发练练手。结果一炮下去几十米内连坟带土全给掀了个底朝天。再往后就啥事都没了。"

蓝月扑哧一笑，恐惧的感觉似乎一下子被驱到九霄云外。

进到第七展厅里时正好是九点十五分，我们还有四十五分钟时间。我把展厅内所有的灯都打开，可感觉光线还是不够亮。

蓝月在展厅里逛了一圈，把所有的展品都走马观花扫了一遍。其实都不用看，这些展品早就刻在她的脑海里。毕竟作为馆里的金牌讲解员，展厅里的每一件文物，从陈列摆放到历史渊源，她都了如指掌，实在没有什么多看的必要。

看完所有的展品后，蓝月突然走到石棺前，看着棺材板上方的圆形钮盖发呆。我觉得奇怪，赶紧走上前去，生怕她做出什么惊动神灵的举动来。

蓝月看了一会儿，突然指着圆形钮盖上的蝌蚪文道："你知道这上面写的是什么吗？"

我支支吾吾道："这我怎么知道？"口里这么说，心里却在纳闷，平白无故的，蓝月怎么突然对这个感起兴趣来？

"我查了很多资料去考证，写的应该是'蛮夷大长老永居华音宫'。"

当蓝月说出那十个字时，我只觉得有种五雷轰顶的感觉，因为我知道这十个字组成的不是普普通通的一句话，而是有着无穷魔力的暗黑咒语。

“你怎么了？为什么吓成这样？”

我还没来得及回她，只听“哐当”一声脆响，正对着石棺的三号陈列柜玻璃罩突然炸开了。

蓝月吓了一跳，紧紧贴在我身上，惊恐道：“有鬼呀！”

我也大吃一惊。但此时此刻决不能在心上人面前丢脸，我只好硬着头皮道：“我去看看是怎么回事。”

我走在前，蓝月紧跟在我身后，慢慢靠近三号陈列柜。只见原本结实无比的钢化玻璃罩全部碎成大大小小的玻璃碴，陈列柜里放的是几件青铜器，倒没受到什么损坏，只是其中有一面铜镜在明灭不定地闪着幽光，显得十分诡异。

我觉得奇怪，忍不住伸手想拿起铜镜看个究竟。

“别动它！”蓝月尖叫着拦住了我的手。

“为什么？”我一头雾水。

“这好像是传说中的辟邪降魔镜。”

“辟邪降魔镜？”我越听越糊涂了。这铜镜放在展厅里有段时间了，从来无人问津，没想到居然会被蓝月冠上这么一个稀奇古怪的名字，真是蹊跷了。要说这铜镜，除了制作比较精美，上面还有些看不懂的蝌蚪文，其他倒也看不出有什么特别之处。

蝌蚪文！——我突然想到了什么，指着铜镜问蓝月道：“这上面写的是什么字？”

蓝月犹豫了一下，咬着嘴唇道：“大概是‘王师南下镇蛮夷，辟邪降魔立威仪。秦失其鹿四海乱，雄踞南越与天齐’。”

老实说，蓝月念的这首诗算不上什么佳作，听起来甚至还带点谶语的意味，字里行间似乎说的就是赵佗率军平岭南并定国的故事。可问题是，蓝月怎么就知道这面铜镜上的蝌蚪文，还有石棺板钮盖上的蝌蚪文？

我正疑惑不解的时候，猛然感觉身后一阵阴风刮过，浑身不寒而栗。我急忙拉着蓝月向身后望去，差点吓掉了七魂六魄——只见展厅门口站着一位身穿紫色长衫的男人，个子比我高出一个头，脸色苍白，面无表情。

“这是鬼吗？”蓝月吓得直往我身后躲。

在目睹了赵佗现身这种千年难遇的神迹后，我也算是有点和这种非正常人类打交道的经验了，于是强作镇定道：“你是谁？从哪里来的？”

长衫客扫了我一眼，幽幽道：“知我者谓我心忧，不知我者谓我何求。悠悠苍天，此何人哉？”他的声音里充满了苍凉凄怆的意味，仿佛带着远古的忧伤。

不用猜，这长衫客十有八九和赵佗一样，也是来自两千年前的南越国。可他到底是什么人呢？就在这时，我脑子里灵光一现，突然想到了赵佗临别时留下的纸条上所写的“巫师现身”。莫非这名长衫客就是与赵佗有着血海深仇的巫师？

想到这里，我禁不住问道：“你是巫师？”话音未落，只见长衫客目露凶光，仿佛行迹暴露的凶手准备杀人灭口。

长衫客冷冷道：“凡人不可妄语，天机不可泄露。”说着扬起右手，掌峰如刀，隐隐闪着青光。接下来我不知道他会用掌刀抹上我的脖子，还是施法让我灰飞烟灭，我只知道下意识地拉着蓝月一步步往后退。

没退两步，我们已经撞到了展柜上，身后无路可退。只见长衫客双手合在一起，不知是在作法还是做必杀技前的准备动作。我感觉身旁的蓝月吓得瑟瑟发抖，估计我自己也好不到哪里去。

最后时刻终于到了，我和蓝月紧紧抱在一起，心中充满了恐惧！只见长衫客戟指一扬，沉重的棺材板突然飞到半空中并竖了起来，向着我和蓝月逼近。看来用不了几秒钟，我和蓝月就会被这块棺材板砸死。这可真是一个令人意想不到的死法。

说时迟那时快，就在这千钧一发的时刻，悬浮在空中的棺材板仿佛被一股巨力所冲击，以排山倒海之势倒撞向长衫客。长衫客猝不及防，急忙双掌平推挡住了棺材板的这雷霆一击。“轰隆”一声，棺材板重重地砸落在地上，长衫客也被震得连退数步。

等到我们缓过神来，才发现展厅中央又多出一名彪形大汉，不是别人，正是赵佗。只见他一身黑衣，昂然肃立，浑身上下充满着凛然不可冒犯的威严。

我大喜过望道：“大王，您终于出现了！”

赵佗示意我和蓝月退到一边去，随即朝着长衫客怒斥道：“吴藏小贼，寡人待汝不薄，汝竟然忘恩负义、暗算寡人，究竟居心何在？”

被唤作“吴藏”的长衫客长叹了一口气道：“大军起兮定南方，群雄逐鹿兮倍心伤，安得宁日兮归故乡！赵佗，吾奉圣命召汝班师勤王，汝不仅不出兵，反而将吾扣留，甚至自立为王。如此不忠不义之人，有何面目苟活于世间？”

赵佗听了，哈哈大笑数声后道：“寡人欲救咸阳，奈何千里迢迢，远水不解近渴。虑及岭南初定，民心不稳，寡人一去，土人必反，此贻害中国大矣。寡人静观其变，休养生息，一保南越安宁，二与汉室修好，定国安邦，功莫大焉，何过之有？况乎天命有常，唯有德者居之。秦失其鹿，天下共逐，乃兴强汉，更有盛唐。方今之世，更是国运昌盛。尔目光短浅，执迷不悟，势必铸成大错！”

接下来，两人唇枪舌剑争论半天。我在旁边听了半天，加上拼命脑补相关的历史知识，终于厘清了两人之间的恩怨情仇：秦始皇在一次出游时突然驾崩，幼子胡亥在李斯、赵高等人“辅佐”下登上皇位。不久发生了陈胜吴广起义，随后天下大乱，群雄并起。面对各地蜂起的起义军，朝廷兵力捉襟见肘。秦二世胡亥听从手下大臣意见，派使者吴藏远赴岭南，命令驻守南粤的数十万精兵班师勤王。其时，作为岭南最高统帅的任嚣病重，所有军政大事皆交由心腹大将赵佗处理。赵佗考虑再三，决定按兵不动，并将吴藏扣留下来。之后数年，发生了秦朝灭亡、楚汉相争、汉朝建立等一系列大事，赵佗也建立了南越国并自立为王。一日，赵佗突起思乡之念，想到还有被他软禁多年的秦使吴藏，于是召见他。一番交谈之下，吴藏对答如流。赵佗见其才华出众，甚是欣赏，于是让吴藏在自己手下做了个尚书令。吴藏心怀不满，意图报仇，但深知赵佗天赋异禀，非常人所能伤，于是隐忍不发，等待时机。赵佗在王位上一坐就是六十多年，因为寿命太长，所有的儿子都死光了，其孙赵眛急于篡位，广招异士集于门下，吴藏得知，暗中与其勾结。此时吴藏已年过八旬，几十年间处心积虑结交各方奇人，在一个月黑风高之夜，吴藏与赵眛联手，将赵佗骗入华音宫后，将其困于棺中。谁知赵佗随身带了块“辟邪降魔镜”，帮其挡住这一劫，并穿越到了两千年后的现代。而吴藏也突然穿越了，和赵佗一起来到了 2021 年。当然，这一切现在只是我的猜测。

也许是因为被困了两千多年，找不到人说话，憋得太难受，赵佗和吴藏两个古人，居然在厅里争论得不可开交。我在旁边听得目瞪口呆，一时都忘了自己正身处险境之中。突然我感觉胳膊被人扯了一下，一看，却见蓝月朝我使眼色。我马上明白她的意思：此时不走，更待何时？

我和蓝月伏着身子，蹑手蹑脚地往展厅门口走去，想尽可能不引起屋内两位大神的注意。不料走了没几步，只听“嘭”的一声，一个大陶瓮不知从哪里冒出来，重重砸落在我们脚下，一时间碎片满地、尘土飞扬。

我和蓝月被吓得连退几步，不知这个陶瓮是被哪位大神从展柜里弄出来的。只见赵佗和吴藏相距不足五米，脸上都是杀气腾腾，一副剑拔弩张之势。眼看一场惊心动魄的厮杀即将开始，我和蓝月却无处可逃，只能暗暗叫苦。

就在这叫天天不应、叫地地不灵的时刻，突然传来一个熟悉的声音：“你们俩在展厅里干吗呢？搞出这么大动静来！”话音未落，一个身影出现在门口，不是别人，正是门卫胡师傅。

见展厅里面一片狼藉，并且除了我和蓝月外，还多出两个穿着古怪的陌生人，胡师傅大吃一惊，随即质问道：“夏瑞，你带外人进馆干什么？”

我急忙应道：“他们不是我带进来的，是自己冒出来的。”

胡师傅一时也听不明白我话里的意思，生气道：“不是你带进来的，那就是非法闯入博物馆意图盗窃的贼喽！”

我还没来得及解释，只听赵佗怒道：“鼠辈敢对寡人无礼！”他话音未落，一只象牙突然飞出展柜，像飞刀一样朝着胡师傅插了过去。就在这电光石火的一瞬间，胡师傅终于展现出他当过兵的身手，迅速猫腰一躲，象牙从他头顶掠过，钉在了门外的墙上。而这时我也看清楚了，掷出象牙的不是赵佗，而是吴藏。看来刚才把陶瓮弄出来的也是他了。这人还真是个阴险角色！

只见吴藏口中念念有词，不知在施展什么巫术，原本苍白的脸渐渐变得血红。赵佗见状大惊，冲我们吼道：“尔等快走！”

吴藏狞笑道：“法天象地，唯我独尊，阴阳三界，一符镇魂，唵嘛呢叭咪吽……”随着他口里念着的奇怪咒语，展厅内陈列的所有摆件，从玉璧、金碗、银盒到陶罐、象牙都悬浮到空中，似乎蓄势待发，随时准备着像冰雹一样向我们砸过来。

就在这性命攸关的时刻，我急中生智，对着吴藏的脸按亮手电筒，顿时一道强光射向他的眼睛。吴藏猝不及防，一时被强光刺得睁不开眼。说时迟那时快，蹲在墙角的胡师傅以迅雷不及掩耳之势打开门口角落里的一个电箱盖，按动了里面的开关。

"轰隆"一声巨响，我们感觉整个地面都震动了一下，就像是发生了四级以上的地震。等到定下神来一看，大家都目瞪口呆，只见展厅中央多出了几十根闪着银光的合金柱，围成一个直径一米多的圆形金属栅栏，刚好将吴藏困在其中。吴藏怒不可遏，对着柱子拳打脚踢，却毫无用处。

胡师傅走上前去，哈哈笑道："你不用白费力气了。告诉你，这宝贝可是咱们馆量身定做的困兽笼，管你什么妖魔鬼怪，进来了就别想出去！"胡师傅这么一说，我终于明白那天他没有告诉我的馆里的最高机密是什么。

眼看吴藏已经成了瓮中之鳖，我们心里稍微踏实了点。谁知吴藏狂笑道："区区一笼，能奈我何？"说完双手各自抓住一个合金柱，暴吼一声，柱子竟然被他的神力扳得开始弯曲起来。看来用不了多长时间，他就能从笼子中脱身。

就在这千钧一发之际，只见胡师傅几个箭步冲到电箱盖前，按动了里面的一个黑色按钮。只听"滋滋滋"的声音响起，合金柱上电火花频闪，估计是通了上千伏的电。吴藏哪里受得了这个，发出撕心裂肺的惨叫，浑身在强电压的反复电击下战栗不已，面部像炉子里的烧炭一样变得通红。几分钟后，他像枯木一样倒在地上。最奇怪的是，当他倒地后，身体似乎进入一种语言无法描述的坍缩状态，最后竟然化作一缕青烟散去了，地面上什么都没有留下。

我们三人都看得瞠目结舌，不知道眼前的这一幕该如何解释。还是胡师傅最先反应过来，指着赵佗道："你如果不想和他一样，就赶快投降，我们的政策是缴枪不杀，优待……"

胡师傅话还没说完，只见赵佗右手长袖一挥，胡师傅仿佛被一阵惊涛骇浪拍到，身子猛地飞起来撞到墙上，随后重重摔在地上，人事不省。

我震惊之下，见赵佗一脸怒色，显然已动了杀气，再看他眼神，明显已经对准了我和蓝月。此时此刻，我吓得只想夺路狂奔，可身后还有一个弱质纤纤的蓝月需要我保护，我又怎能弃她而去？

在这短短的几秒钟，我脑子里转过了无数念头。最后，我一咬牙，上前两步冲着赵佗道："大王，这名管理员对您无礼，本当严惩，但念在他驱除吴藏、有功于社稷，望能饶他一命！"

赵佗定定地看着我，沉默不语。

我又指着蓝月道："这位姑娘与此事毫无关系，请大王不要为难她。至于我，如有冒犯大王之处，任凭处置！"说着，我摊开双手，一副甘愿引颈受戮的样子。

听了我一番话，赵佗哈哈大笑，身上杀气立刻散去。笑完后他正色道："此前寡人有言，汝助寡人脱困，有救驾之功，寡人当重赏汝！"

我笑道："我也不知道该要什么赏赐好。"

赵佗指着蓝月道："寡人将此女子赏赐于汝。"

赵佗一言既出，我和蓝月都大吃一惊。我不知道该说什么好，只听蓝月愤愤道："现在是什么年代了，你们怎么能够这样？"

赵佗一听，顿时火冒三丈，“唰”的一声，手上多了把寒光闪闪的宝剑，横在蓝月身前道：“寡人金口玉言，从来无人敢违，汝胆敢抗命不遵？”说到最后，语气中再次充满了杀气。

蓝月哪里见过封建帝王这种杀人不眨眼的霸道范儿，吓得浑身颤抖，话都说不出来。

我心里是求之不得，赶紧趁热打铁：“谢大王赏赐！”赵佗则朝我使了个“老子只能帮你到这里了”的眼神。我马上回了个会意的表情。

赵佗收了宝剑，弯腰从地上捡起一面铜镜，正是那面写着奇怪蝌蚪文的辟邪降魔镜。赵佗凝视铜镜良久，叹了口气道：“王师南下镇蛮夷，辟邪降魔立威仪。秦失其鹿四海乱，雄踞南越与天齐。”赵佗念这段诗不像诗、咒不像咒的话时，我在一旁听得心惊肉跳，生怕又突然冒出个像吴藏一样的怪人来。还好，赵佗念完后一切正常，只是空气中充满了肃穆之气。

终于，赵佗抬头看着我，说道：“世事无常，天命轮回，寡人身处秦汉，不料一梦千年，乃见沧海桑田、神州巨变。今吴藏已灰飞烟灭，寡人当返矣。”

听到这里，我急忙问道：“大王，您要去哪里？”

赵佗没有回答我的问题，走到窗前。窗外皓月当空，月光下一片清凉世界。赵佗全身仿佛被一层奇妙的光晕所笼罩。那一刹那，我和蓝月感到时间仿佛静止了……等我们回过神来定睛一看，赵佗已经消失得无影无踪。

我和蓝月面面相觑，都不知该说什么好。这时，蓝月突然发现，不知何时我俩已经抱在了一起。蓝月有点不好意思，想把我推开。我却凑近道：“从现在开始，你就是我的女人了。”

“谁答应你了？”

“南越王金口玉言做的媒，这满屋子的神明宝器做见证，你想反悔吗？”

怕我再说出什么不中听的话，蓝月赶紧捂住我的嘴，我趁机把她抱得更紧了。

博物馆里发生的这些奇怪事情，最终都被内部消化掉了。除了我、蓝月、胡师傅和周馆长，再没有第五个人知道。按照周馆长的说法，这个世界上有很多事情难以解释。

胡师傅那晚摔了个脑震荡，养了一周才好，所幸没大碍。我后来才知道，原来他是蓝月的二舅，难怪他知道蓝月是我女朋友时会有那种表情。

至于蓝月怎么知道那些稀奇古怪的事情，那就是另外一个故事了，得从她九岁那年暑假从乡下老宅里翻出的一本古书讲起……

投诉风波

陈昱没有想到，他 27 岁生日过完没两天，居然会收到 12360 转来的旅客投诉。

老实说，作为一名在旅检现场干了四五年、和数万名旅客打过交道的一线海关关员，收到旅客投诉算不上什么大惊小怪的事情。毕竟只要在旅检现场待过就知道，林子大了，什么鸟都有：有因为多带了瓶红酒进境不肯征税，当场把酒摔了，嘴里还嘟囔着“我就是砸了，也不会便宜给你们海关”的北方糙汉；有被查出身上超量携带了 3 万美元，不肯配合办案，把上衣一脱躺在地上打滚撒泼的非洲大妈；还有带了整只烤乳猪过来祭祖被查扣的香港阿叔，一口一句“我丢你老母”……每天都要面对这些令人焦头烂额的事情，稍处理不慎，事后便会有投诉过来。旅检一科几乎人人都碰到过，科里从部队转业的老张甚至创下过半年被投诉 3 次的机场海关纪录。照他的说法，老子从野战部队里出来，没想到在海关，正常执法居然还要天天受旅客气！

不过陈昱是个例外。他性格非常好，每次在现场碰到棘手问题，无论旅客如何胡搅蛮缠甚至恶语相向，他都不会动怒，总是耐心细致地给旅客宣讲政策，一番解释下来，最终都能化解矛盾。但在老张看来，不是陈昱讲得有多好，关键是小伙子够帅，任何一个雌性动物，被一个一米八五的长腿帅哥近距离春风化雨地教育一番，不经意间就会被洗脑，怒气自然消去大半。不管老张的分析有没有道理，但在科内，陈昱是唯一的“零投诉”纪录保持者却是不争的事实。

没想到 27 岁生日刚过去没两天，陈昱职业生涯“零投诉”的纪录却被打破了。

接到电话的时候，陈昱刚上床。前一天晚上了个通宵不眠的夜班，下班坐车回到宿舍已近 11 点。简单洗漱一下，正准备睡个回魂觉，没想到手机就响了。

“您好，我是越州海关 12360 服务热线，请问您是机场海关的陈昱吗？”

一听到是 12360，陈昱的睡意马上去了大半，赶紧回道：“是的，请问有什么事？”

“我们刚刚接到一位方小姐打来的投诉电话，说她上周四下午 3 点左右在机场入境时接受海关开箱查验，当时拿出来的物品里面有一对在国外购买的珍珠耳环，但是回家后就找不到了，她怀疑可能被现场关员弄丢了。根据她提供的关员工号信息，我们联系到你。”

陈昱一听急了：“不可能！我们现场操作十分规范，而且到处都有摄像头，绝对不会乱动旅客的物品！”

“我们也相信这是个误会。要不这样吧，那位方小姐留了她的电话，你先打给她，和她沟通一下，弄清楚到底是怎么回事。”

挂机后，陈昱看了看便利贴上记下的陌生号码，无奈地摇了摇头。这个方小姐估计有点拎不清，上周四在海关过机查验，要有问题就当天反映嘛。现在都已经是周一了，中间隔了三四天，谁知道她把耳环忘到哪个旮旯角落了，现在居然赖到海关头上，真是够可以的！

刚上完夜班，整个人脑子昏昏沉沉的，怎么也想不起上周四的事情来。陈昱干脆打电话给和他一个处的好友肖勇，把事情原委讲了下，让他帮忙查查上周四下午 3 点左右自己在进境现场查验时的录像，毕竟肖勇在旅检处闭路电视监控岗，干这个轻车熟路。

一小时后，陈昱收到肖勇发过来的微信，正是他查验时的那段录像视频。虽然用手机翻拍的清晰度差了点，不过足够还原现场情况。

陈昱仔细看着，脑海里慢慢回忆起当时的情景：那天下午他在查验岗，进来两个结伴而行的女性旅客，拉着行李箱准备过 X 光机，因为箱子很重，年轻的那名女生拿不动，于是陈昱上前帮她把箱子平放在传送带上。女生还向他道了谢。过机时，因为发现箱子某处图像有点可疑，于是陈昱让那女生开箱接受查验。女生开箱后，陈昱见里面装了满满一箱的个人物品——从衣物、洗漱用品到化妆品，还有几本厚厚的英文小说。查验时，陈昱注意到箱子里有个包装精美的小盒子，便让女生打开，见里面是一对晶莹圆润的珍珠耳环，还附了张境外购买时的发票，价格为 680 美元。

看到视频，陈昱可以百分百确定，他查验完后将装着珍珠耳环的盒子还给了女生。视频画面虽然不是很清晰，但还是可以看到他有一个交还的动作。

陈昱心里有底了，马上拨通方小姐的电话："方小姐您好，我是您投诉的那名关员。我看过监控录像了，您那对耳环肯定不是我弄丢的……"

陈昱话还没说完，就被对方打断了："电话里说不清楚，要不下午找个地方，我们当面沟通一下。"

陈昱犹豫了一下，还是答应了。双方约好下午 4 点，在东峻广场的星巴克面谈。

陈昱 3:50 就到了星巴克，点了杯拿铁，找了个靠窗的位子坐下，脑子里继续复盘当时的情景。睡了一觉后，大脑清醒不少，加上又翻来覆去看了几遍录像，很多细节又慢慢回想起来。查验时询问得知，那两名旅客是一对亲姐妹，刚从欧洲旅游回来。两人都是身材高挑，打扮时尚。姐姐三十岁左右，一头大波浪，样子有几分像杨幂，显得成熟妩媚。妹妹比姐姐小好几岁，一头披肩长发，因为戴了副口罩，只能看出她有一双灵动的大眼睛。查验过程中，姐姐还问了自己一句“你是哪里人？个子这么高！”，自己回了句“山东人”。对方高兴回道：“我们是辽宁人，大家算半个老乡啦。”相比姐姐的落落大方，妹妹似乎比较害羞，从头到尾除了一句“谢谢”就再没说别的话。两人都十分配合陈昱的查验，只是没想到隔了几天，居然莫名其妙来了个投诉。

陈昱正想得头痛，突然眼前多了两个人影，正是那对姐妹花。姐姐满面春风，像是见到老朋友一样；妹妹这回脸上没有戴口罩，看模样比姐姐更加娇俏动人。

寒暄几句后，陈昱马上进入正题：“我不知道你们把耳环落在哪里，但我有监控录像作证，绝对不会是我弄丢的！”

姐姐道：“我们知道不是你弄丢的。”

陈昱不悦道：“那你们乱投诉是什么意思？”

姐姐笑道：“帅哥，冒昧问一句，你有女朋友吗？”

陈昱不耐烦道：“这跟你们有什么关系？”

眼看场面有些尴尬，旁边的妹妹看不下去了，低着头道：“对不起，给你添麻烦了，我们向你道歉！”

陈昱还没反应过来，姐姐已经把话挑明了：“那天查验时，我妹妹对你印象很好，但她害羞不敢找你要电话。我就偷拍了张你的照片，上面有你的工号。为了联系上你，只好用投诉这个非常手段了。你可不要怪我妹妹，这些主意都是我出的。”

陈昱哭笑不得，本想发火，却见妹妹一脸不好意思的表情，只好改口道：“你们要投诉就早点投诉好了，干吗还拖个三四天？”

姐姐解释道：“过关那天，我妹妹因为头晚吃坏东西脸上过敏，戴了口罩。现在她过敏好了这才敢出来见你。”

“姐姐，你不要再说了！”妹妹打断了姐姐的话。只见她粉面含羞，眼睛都不敢直视陈昱的目光。陈昱看着她，心中一动，难道自己生日当晚许下的愿这么快就要兑现了？

……

“张哥，你接着往下说呀，陈科后来怎么样？有没有和那个姑娘在一起？”老张的新徒弟苏东来好奇地问他后续故事。

老张正要继续往下说，突然看到门口进来一人，赶紧打招呼道：“陈科，你开完会了？”

陈昱“嗯”了一声，说道：“我先去处理一下文件。等会儿ET606航班到达，如果旅客太多你们处理不过来，就告诉我一声，我出来支援。”

老张一口答应，随即又问了句：“陈科，你们家小子快满月了吧，取好名没有？”

“明天就满月了，名字叫陈遇方。”

顾金眼

顾金眼的真名叫什么没几个人知道，但他这“顾金眼”的外号在逢源路古玩一条街上可算得上是无人不晓。街上但凡是开古玩店的老板，一见到这位老兄上门来，心里都会咯噔两下，见他的眼睛在哪件瓶瓶罐罐上多停留两下都会心跳加快。没办法，这小子太善于捡漏了，一不留神，就让他占了便宜。

远的不说，就说上个月，厚古斋的孙老板刚从地皮那儿弄了块明代的砚台，放在手里还没焐热，正好被逛上门来的顾金眼一眼瞅见，上手盘了下，便将这块砚贬得一无是处，什么非端非歙、无名无款、造型古板、俗气至极，只差没说孙老板是看走眼买了个大路货。说到最后，孙老板对这块砚越看越烦，索性用进价卖给了顾金眼，只当是眼不见为净。没过几天，孙老板便听说，顾金眼回头就把那块砚台以六万元给转手了，顿时大吃一惊：怎么一进一出的工夫，这砚台就身价大涨？

后来孙老板才知道，顾金眼一上手那块砚台，就发现包浆浑厚，尤其是侧壁，包浆中隐约看到一点笔画。照古玩界的规矩，包浆是不能随便动的，一来是老物件被岁月风霜洗礼而成，可作为鉴别真伪的依据；二来整不好便把老物件给毁了容。可顾金眼艺高人胆大，硬是清理干净了砚台侧壁的包浆，结果发现上面有四字篆书铭文“南京解元”。再一考证，乖乖不得了，这块砚台竟然和江南四大才子之一的唐伯虎扯上了关系。就凭这卖点，顾金眼转手便将这块古砚卖了个好价钱。知道缘由后，孙老板后悔得差点没撞墙。可也没办法，谁叫自己没有顾金眼的好眼力呢？

这天风和日丽，是个出门逛街的好天气，顾金眼下午闲来无事，又去了古玩一条街。逛了街头的两家店后，他摇了摇头。现在世道不景气，生意不好做，古玩店倒了一半，剩下的大多也在苟延残喘着，货架上堆满了一眼假的赝品和贼光直冒的高仿瓷器。难得有几件真品，也都是上不了档次的老普残，让他连上手细看的想法都没有。

顾金眼叹了口气，正感慨世风日下、人心不古，突然停住了脚步，原来街边新开了家店，挂着块“寻秦记”的红木招牌，门口是副楹联“不知有汉，无论魏晋”。顾金眼琢磨了下这对联，觉得有点意思，于是欣欣然走了进去。

进去后扫了一圈，顾金眼发现这家店并不像一般古玩店那样摆满了瓷器、玉器、书画和文房杂项，反而几面墙堆满了各类古旧书籍，大多是二十世纪五十年代到八十年代的旧书，从十七年文学作品到苏联的翻译小说，以及当年风靡一时的各种版本的武侠小说，也有少量民国时期的书报杂志，甚至还有一些清代的线装书，可谓汗牛充栋、蔚为大观。这么一家颇有品位的旧书店，在古玩一条街上还真算是独一家了。

顾金眼对于旧书本没有太大兴趣，不过转念一想，这家店旧书这么多，说不定会有什么明清善本之类的可以捡捡漏，于是在一堆旧书中耐心翻检了起来。

一个小时下来，顾金眼没有找到什么太有价值的书，心里有点失望，不过本着“贼不走空”的想法，还是拣了两本书：一本1934年出版的《国民日记》，一本1990年出版的《黄冈县志》。

拿好书，顾金眼向柜台走去。看店的是个二十来岁的毛头小伙子，正对着一台笔记本电脑聚精会神地追剧，一边看一边傻乐着。

这时，顾金眼突然发现，柜台的玻璃橱窗内精心摆放着三件物品，且都标价不菲，看样子是该店的镇店之宝，于是凑过去打量起来。第一件是一套三联版的《射雕英雄传》，而打开的扉页上居然是金庸先生的亲笔签名和赠语。顾金眼扫了眼那个五位数的标价，心想这个确实罕见。

再看第二件，是一套清同治年间味兰轩朱墨套印本的《朱批绣像西厢诠注》，一函七册，带原装函套，品相完美，古色古香。顾金眼点点头，心想这套书可以上拍卖会了。

再看第三件，是两本厚厚的线装手抄稿本，用一个红木盒装着，看上去平平无奇，但标价却不菲。

顾金眼好奇心起，对那店员道："小伙子，能把这盒子里的书拿出来给我看看吗？"

"没问题。"小伙子站起身，先在柜台上铺了块红布，再掏出钥匙开了玻璃柜门，然后将手抄稿本连盒带书一起轻轻放在红布上。

顾金眼打趣道："啥宝贝呀，这么小心谨慎？"

小伙子憨笑道："我也不知道是啥宝贝，不过我们老板说这个是名家手迹，只是还没考证出来是谁写的。"

顾金眼心中不以为然，但还是认真翻起了手稿。只见稿本封面右下方用毛笔写了"济南"两个楷书小字，除此之外一片空白。稿本内写满了密密麻麻的小楷，因为是繁体字竖版，且每页都有修改涂抹的痕迹，看上去颇有些费劲。

看了一会儿，顾金眼发现这居然是一部武侠小说，不禁哑然失笑，心想这书不知道是民国时哪位小说家写的，如果是还珠楼主、宫白羽、郑证因等名家所写，倒还有点收藏价值。想到这里，顾金眼看得更用心了。突然，一段话映入眼帘：

周召云用宝剑一磕，将沙子龙的枪拨开，耸身一剑砍去；沙子龙闪开身，把枪向着周召云前胸乱点；周召云只用剑去磕，忽然沙子龙的招数改变，把枪向周召云的咽喉，恶狠狠刺去。周召云闪开，宝剑顺着他的枪杆削去；沙子龙赶紧退后两步，把枪抽回。周召云扑将过去，拧剑就刺；沙子龙左闪右躲，虽然宝剑挨不着他的身上，但他的枪却缓不过手来。

“沙子龙？”顾金眼皱起了眉头，心想这个名字好像在哪本书里见过。这时，他目光突然被书中一句话牢牢钉住了——“沙子龙握紧手中的五虎断魂枪”。电光石火间，顾金眼福至心灵，突然想到了什么，顿时心中狂喜。但他脸上却是不动声色，又将两本手抄稿本从头到尾翻了一遍，确定了全书大约有十几万字的篇幅，没有书名，没有作者落款，最后似乎也没有写完。

顾金眼将稿本还给小伙子，递上《国民日记》和《黄冈县志》道：“这两本书我要了。”

小伙子看了下两本书封底贴的价格标签，说道：“两本加一起 550 元，现在正值我们店新开张搞优惠活动，给您打个九折，您给 495 元就行了。”

顾金眼笑了笑，用手机扫码付了款。这时，小伙子又来了句：“这部手稿您不要了？”

“太贵了，这价钱我都可以买上千本新书了！”

“没办法，我们老板认定这是名家手迹，只可惜没有署名。”

“哈哈，要是名家手迹早被人买走了，还能留到现在？”

“这个要讲缘分的。”

从旧书店出来后，顾金眼也没有心情再逛剩下的店，在街边打了辆车，直接回家了。

到家后，顾金眼顾不上休息，马上打开电脑上网。他先搜索“沙子龙”和“断魂枪”两个关键词，几秒钟便出现了一堆相关页面。很快他便找到了想要的结果：

《断魂枪》是1935年老舍创作的一部短篇小说，其情节简单，讲述了沙子龙从一武林高手改变身份当客栈老板后的境遇，串连王三胜卖艺、孙老者与王三胜比武、孙老者献技三个小片段。其中沙子龙从镖师到客栈老板的身份改变倾注了作者深沉而凝重的文化情结……

顾金眼马上从网上找到《断魂枪》全文，从头到尾细看了一遍，又觉得犯难了。这篇小说总共不过五千余字，充其量只能算是个短篇，而旧书店的那部手稿少说也有十万字，完全是一个长篇的体量；虽然书中的主人公也叫沙子龙，用的兵器也是断魂枪，两者内容也有一些关联之处，但一个是文坛大家老舍先生的短篇名作，一个是不知书名和作者的长篇小说手稿，两者能扯上什么关系呢？

带着疑问，顾金眼继续在网上寻寻觅觅。一番搜索查询下来，他终于找到了一段非常有用的资料：

《断魂枪》这篇小说在老舍文学作品中，是一个很特殊的存在。它本是老舍计划的长篇武侠小说《二拳师》中的一块。1935年，老舍先生在济南齐鲁大学任教期间，由于忙于教学和写作影响了身体健康，经朋友介绍，他跟随济南一著名拳师练习武术，这也激发了其创作武侠小说《二拳师》的意图。后来由于种种原因，小说最终未能成形。但老舍把为长篇准备的十几万字材料，抽取其中的主要情节，创作了名为《断魂枪》的短篇小说。此后，《二拳师》再也没机会问世，而《断魂枪》则成了老舍的短篇代表作。

顾金眼兴奋得拍了下大腿，正是踏破铁鞋无觅处，得来全不费工夫。综合各种信息，他做出了一个大胆的判断：旧书店的那部手稿就是老舍当年为长篇武侠小说《二拳师》准备的十几万字素材，后来因为各种原因而遗失了，所以在老舍作品全集中未见录入，流传于世的只有取自于该素材中一块的短篇小说《断魂枪》。

想到这里，顾金眼心里乐开了花，马上放下电脑，出门打车，直奔古玩一条街。虽然一天之内为件藏品跑两次古玩店，会被店家看出来求购心切，在砍价上会增加不少难度，但他更担心夜长梦多，生怕耽搁一天，这件宝贝被别人买走。

到了旧书店，顾金眼发现守柜台的小伙子不再对着电脑追剧，而是在书架旁认真地清理着书籍。坐在柜台前的是一个四十来岁的中年人，戴着副黑框眼镜，手上翻着本线装书，一脸的精明干练，看样子应该是店老板。

顾金眼在书架旁装模作样看了半天，选了本1953年出版的《牛虻》，走到柜台前。然后指着玻璃橱窗内的手抄稿本道：“老板，请把这盒子里的书拿出来给我看看。”

“好的。”老板站起身，先在柜台上铺了块红布，再掏出钥匙开了玻璃柜门，然后将手抄稿本连盒带书一起小心翼翼放在红布上。

这一次，顾金眼没有看太久，只把书简单翻了几下，然后装作漫不经心道：“老板，这书多少钱？”

老板看了眼红木盒上的价格标签，说道："三万，现在正值新开张有优惠，可以给您打个九折。"

顾金眼摇头道："你这价钱也太离谱了吧？就算是民国时的手稿，一不是名家手迹，二没有学术价值，跟账房先生的账本没啥区别，哪里值这个价？"

老板解释道："这本书是我年前在山东铲货时花大价钱买到的，当时就不便宜。再说您是内行人，翻一下就知道，这书虽然没有署名，但作者绝对不是无名之辈，要是考证出来是哪位名家，可就不止这个价了。"

听到"山东"两个字，顾金眼只觉得心跳都加快了，松口道："这价钱还是贵了，能不能再便宜点？"

这时小伙子凑过来，说道："这位先生下午来过，还买了两本书呢。"

老板点点头道："一回生，二回熟，您今天上门两趟，也算是熟客了。这样吧，您诚心想要的话，我给您打个八五折，再抹个零头，您给两万五好了。"

"好，成交。"

结账的时候，顾金眼顺手拿起那本《牛虻》道："老板，这本书送我吧？"

老板笑道："好嘞，这本书就做搭头了，您以后可要常来呀！"说着，递上自己的名片。顾金眼一看，原来店老板大名叫薛道成，于是回道："原来是薛老板，幸会幸会。"

当晚，顾金眼辗转反侧，兴奋得半天睡不着，脑子里思前想后琢磨着怎样将手稿卖出个好价钱。这感觉，真比猪八戒背媳妇还来劲儿！

第二天，顾金眼早早便醒了。前一天晚他想了半天，盘算着将手稿卖给谁比较合适，想来想去，觉得还是联系藏书家韦之清比较合适。韦之清是本地颇有名气的藏家，主要以收藏明清时期的古籍善本为主，对于民国以来的名家墨迹和书稿手札也是来者不拒，之前韦之清就曾经从顾金眼手上买过一封梁启超的手札。

不出所料，顾金眼一通电话打过去，韦之清表现出浓厚的兴趣，说自己想下午过来登门品鉴。顾金眼满口答应，放下电话后，禁不住哈哈大笑。

下午三点，韦之清如约而至。坐下来喝了两口茶，寒暄了几句后，便迫不及待要看宝贝。顾金眼带他到内室，一方长条鸡翅木案几上早已铺上一块红布，上面放着红木盒装的手抄稿本。

韦之清眼睛一亮，征得了顾金眼的同意后，便拿起手稿，认真翻阅起来。他看得很仔细，一边看一边口里还念念有词。看的过程中，他脸上的表情也在不断变化着，有时微微一笑，有时眉头紧锁。顾金眼的心也随着韦之清的表情而上下起伏着。

韦之清差不多看了半个钟头，终于放下手稿，长叹了口气道："这手稿，你打算要多少钱？"

顾金眼等了半天，就等这句话，笑道："韦爷好眼力！这手稿可是老舍先生的手迹，普天下独一份儿。因为战乱遗失，流落民间，我费尽千辛万苦，花了不少价钱才把它弄到手。我本想着把它送保利、嘉德、西泠印社拍个好价钱，不过韦爷您看中了，那也是有缘。咱们是老交情，我也不多要价，您给个二十万，这宝贝我就割爱给您了。"

韦之清道："这上面又没署名落款，你怎么就能确认是老舍先生的手稿？"

顾金眼振振有词道："我专门考证过，这绝对是老舍先生当年为创作长篇小说《二拳师》准备的素材稿，后来因为各种原因而遗失了，流传于世的只有取自于该素材其中一块的短篇小说《断魂枪》。所以《断魂枪》中的沙子龙就来源于这部手稿，里面的人物都可以对得上。而且您看这手稿纸张、这书法笔迹、这文字功力，一看就知道是民国时的东西，现代人就算是造假也造不出来的。”

韦之清将手稿拿起来在鼻子旁嗅了嗅，说道：“这手稿用的确实是民国时的老纸，用墨也是有点年头的老墨，里面的书法笔迹仿老舍的字体也仿得有六七分像，这造假之人倒真算得上是个人才！”

听韦之清这么一说，顾金眼顿时心凉了半截，说话都不利落了：“你，你凭什么断定这手稿是造假的呢？”

韦之清笑道：“纸张、用墨和笔迹都好说，但伪造手稿最难的其实是内容。要凭空造出一本十余万字的小说稿，相当于要写一部长篇小说，还得是民国时代人的写法，这个难度太大了，造假之人也没有那个精力和能力，所以他就用了个‘移花接木’的法子。”

“怎么个‘移花接木’？”

韦之清翻到书中一页，道：“你看看这段话。”

顾金眼定睛一看，只见那段话写的是：

> 待了半天，才见红帘一启，溢出一股幽香；那位艺妓婉娘，姗姗地走出来了。成少峰、沙子龙不由全都把目光射在这位艺妓的身上。只见她年纪不过二十上下，细条身子，瓜子脸儿，细眉秀目，樱唇桃颊，娇艳得如同一朵才放的芍药一般。穿着一件银红罗袄，石青绸裤，垂着水绿的汗巾，艳丽中又有些素雅。出屋来，先把那双俊眼向沙子龙的身上打量了一番，然后便问道：“这位老爷贵姓？”沙子龙此时也不知为什么，脸红了红，就说：“我姓沙。”那婉娘倩然地笑了

一笑，低声说："原是沙爷。"说话时，把那美妙的目光往沙子龙的身上又转了转。

顾金眼没看出什么所以然来，纳闷道："这段话没问题呀？"

韦之清指着其中一处修改痕迹道："你细看一下会发现，这里原来写的是'李慕白'，后来涂抹掉，改成了'沙子龙'。我就是看到这里觉得不对劲，再一想，突然想起来，这一段实际上是从王度庐的小说《宝剑金钗》里抄过来的，但是把人物的名字换过了。"

见顾金眼一脸的疑惑不解，韦之清解释道："造假之人没办法凭空杜撰一部民国时期的武侠小说出来，于是找来一些旧派武侠小说作家的作品，东抄一章，西抄一节，拼凑成了这本书——当然，主要人物的名字都改过了。只是，抄的过程中，一不小心又抄了个'李慕白'上去，虽然涂抹改过了，但还是留下了修改痕迹。老实说，造假之人能花如此工夫造出这么一份几可乱真的手稿出来，这份心思和毅力真不是一般人及得上的！"

这番话听在顾金眼耳中，只觉得是莫大的讽刺。他没想到自己终年打雁，反被雁啄，一时间百感交集，不知道该说什么好。他在脑子里过了几遍，造假之人究竟是谁？旧书店的薛老板无疑是嫌疑最大的。可就算是他造的假，顾金眼也没辙，一来古玩界是靠眼力吃饭的，向来规矩是"货一出门，概不负责"，自己捡漏不成反被套路，这事传出去丢人可丢大了；二来人家从头到尾都没说这是老舍的手稿，是自己财迷心窍非要往那方面去想，能怪谁呢？

从这件事后，顾金眼再也不让人叫他的外号了，而是叫他的本名"顾学谦"。

忘情水

许德旺没有想到，失联近三十年后，居然还能接到当年工友聂天打来的电话。

一通电话说了大半个小时，说到激动处眼泪都快下来了。这对平时寡言少语的许德旺来说，几乎是前所未有的事情。家里的大黄狗几次贴过来想和主人亲热都被他不耐烦地用脚拨开。

挂机后，许德旺陷入了对往事的回忆中：三十年前，他还是一个十七岁的小年轻，因为家里穷，高中没读完，就从湖南娄底跟着舅舅南下广东，来到顺德容桂的一家工厂打工。独在异乡，人生地不熟，加上许德旺当时年纪小，性格又腼腆内向，有时在工作上受到委屈了，回到宿舍便忍不住落泪。作为舍长的聂天看在眼里，往往会开导他一番，下班后经常带着他和另一个叫常宽的工友一起出去吃夜宵。就这样，三人很快便成了无话不说的好友，只要有空便在一起厮混。三人中，聂天最大，江西九江人，二十三四岁，来工厂前在社会上混过几年，经历丰富、为人豪爽，大家都尊称他一声“天哥”；常宽二十岁出头，本来在四川乡下务农，因为听说广东打工赚钱多，为了挣点老婆本，于是背井离乡来到顺德。每个月当中，许德旺最开心的就是月中发工资的时候，三人经常约着去吃饭、K 歌。也就是跟着天哥、阿宽混的日子里，老实本分的许德旺学会了抽烟、喝酒、斗地主、看录像、打台球和沐足。回想起来，那段时间应该算是他这辈子为数不多的开心时光。只可惜好景不长，一年后，许德旺父亲翻修老屋时不小心摔断了腿，身为家中长子的许德旺只好从工厂里辞职，回老家照顾父亲，从此便再也没有见过聂天、常宽两人。

挂机后，许德旺在屋里来回踱了十几圈，心情久久不能平静。刚才一通电话，大半时间是在叙旧，到最后聂天约他近日一起回当年工作过的“容山誉信电器厂”故地重游。许德旺有些犹豫，聂天猜出他的心思，说路费食宿都不用操心，他全包了，就想着借这个机会和几个老哥们儿好好聚一聚。

话说到这个份上，许德旺也不好再推辞了，客气了几句就顺势答应了。但出乎他意料的是，刚加上聂天的微信，对方就给他发了一张行程表，上面将建议出行日期和入住酒店都标注得清清楚楚，甚至还直接给他转账一万元，备注写着“老友聚会活动基金”。这下许德旺心里可犯嘀咕了，聂天这是在哪里发的财，出手这么豪横？刚才电话里听他说，开了个小公司，生意做得还行。可看他这做派，应该是做大老板了。不过不管他混得咋样，发达了还能记得老友，够义气！

动身前，许德旺给老婆留了七千元。他估算了一下，从娄底到顺德坐长途汽车也就九个钟头的事，来回路费花不了多少钱。在顺德估计也就待个两三天，食宿加上买点手信什么的，两千元足够了，还是多留点钱家用吧。毕竟老婆在县城超市里做售货员，每个月也没多少收入。儿子今年二十四，还没成家，在本地一家酒厂做销售员。自己这次出远门赴老友会，老婆千叮咛万嘱咐，说能不能让聂总那边帮忙给儿子安排个像样的工作。快三十年没见了，一见面就去求人家帮忙，许德旺感觉自己真有点开不了这个口。

抵达顺德时已是傍晚，行程表上标注的入住酒店是万豪酒店，许德旺到了后才发现这是一家五星级酒店，他这辈子还没住过这么高级的酒店，顿时心疼起钱来。本想换一家便捷酒店凑合着住两天算了，可转念一想聂天把活动经费都转给自己了，晚上大家说不定还要在房间里通宵长谈，自己另外换地方住只怕不太好。想到这里，许德旺还是硬着头皮走进了万豪酒店。

到前台登记时，许德旺才知道都不用他掏钱，前台说有位聂先生已经帮他订了套房 1618，房费都提前结了。许德旺拿着房卡进了电梯，心里嘀咕着还好没去便捷酒店，要不可就辜负了天哥的这一番心意。

找到 1618 房，许德旺用房卡打开门，却见里面已经站着一人。两人四目相对，几乎是同时认出对方，一个喊“旺仔”，一个喊“阿宽”，随后紧紧地抱在了一起。里面那人正是和许德旺近三十年未见的老友常宽，只见他的身形比当年大了两个号不止，记忆中那个清瘦矮小的小伙子，已经变成了一个矮胖敦实的油腻大叔。

两人坐下，兴致勃勃地聊起来。从别后经历聊到各自近况。正聊得起劲，许德旺手机响了，一看，正是聂天打过来的，赶紧接通。

“旺仔，到酒店了吗？见到阿宽没有？”

“到了，到了，我正和阿宽吹水呢。天哥，你现在哪里？”

“这附近有家叫‘蚝元’的大排档，走过去也就几百米，我发个定位给你们，等会儿我们去那里吃夜宵。”

挂了电话后，许德旺对常宽道：“天哥叫我们去附近的一家‘蚝元’大排档吃夜宵。”

常宽笑道：“天哥可真有意思，都已经是身家亿万的大老板了，居然还把咱两个几十年没见面的老哥们邀出去吃夜宵！”

许德旺吃了一惊，问道：“天哥现在这么有钱？”

常宽一脸神秘道：“那可不！天哥前两天联系上我的。聊天时我才知道，天哥名下有一家天马广告公司，居然和我儿子所在的公司有业务来往。我又听儿子说，这家广告公司在业内很出名，每年光利润就有好几千万。而天哥名下可不止这一家公司，你想想，他能差钱吗？”

许德旺感叹道：“小富靠勤，大富靠命。这些咱们没法比呀！”

两人一路闲聊，没一会工夫便走到了“蚝元”大排档。或许因为疫情的影响，晚上来吃夜宵的人并不多，档口外面摆的七八张桌子，只有两桌有客。一桌坐了五六个二十来岁的年轻人，正就着啤酒烤串，吃得热火朝天。另一桌坐了三人，左首是名黑衣壮汉，身材魁梧，眼睛像鹰隼一样打量着四周，看样子像是个保镖；右首是个西装革履的年轻人，样子精明干练，一看就是个老板助理；居中而坐的是个穿着红色唐装的男子，气场十足，看到两人过来，便招了招手——不是别人，正是聂天。

走近时，许德旺本想和聂天来个拥抱，却见常宽抢先一步，双手握住聂天右手，煽情地来了句：“天哥，兄弟我可想死你了！”许德旺赶紧有样学样，双手握住聂天右手，一声“天哥”出口，突然有点热泪盈眶的感觉。

聂天似乎也被这气氛感染到了，先是拍了拍常宽的肩膀，笑道：“阿宽，你比当年胖了一倍，看来生活很安逸嘛。”

常宽自嘲道：“岁月是把杀猪刀啊！”

聂天又拍了拍许德旺的肩膀道：“旺仔，听说你现在开了个养殖场，怎么也不给我们带两只走地鸡尝尝鲜呐？”

许德旺不好意思道：“天哥，我这次出门走得急，都忘了这一茬，回去我就给你准备上。”

聂天摆摆手道：“吃鸡有的是机会。不过咱们老友久别重逢，坐在一起喝酒的机会却不多啊！”说完，拉着两人坐在之前保镖和助理腾出的座位上。

片刻工夫，桌上摆了装得满满的一大盆小龙虾、一打炭烧生蚝、一锅白贝沙虾瑶柱粥、一份椒盐掌中宝、一份香煎马头鱼、一碟炒空心菜和几打羊肉串。保镖开了一桶自带的精酿啤酒，给每个人的杯子斟满。

聂天举杯道："一别三十年，故人犹在，来，我们干一杯！"三人一起举杯，各自干了。

在没见到聂天之前，许德旺心里还有些忐忑，不知道这么多年没见，天哥会不会变得陌生了。但见面后，几杯酒一下去，许德旺发现记忆中那个天哥似乎又回到了眼前，还是那么意气风发，还是那么豪气干云。

喝到兴起时，许德旺举起酒杯对聂天道："天哥，你是我见过的人中唯一一个把当年吹过的牛兑现了的人。就冲这一点，我也要好好敬你一杯！"

聂天还没说话，常宽就马上问道："旺仔，你说的是哪件事？"

"你不记得了？1994 年 5 月，我当时因为家里出点事，从厂里辞职准备回老家，当时天哥还特意组了个局为我送行。那天酒桌上，大家喝多了，都在吹牛。阿宽你说以后发达了，要把誉信电器厂买下来，然后在大门口立一个三米高的铜像，雕成你的模样，每天进工厂的人，从厂长到工人，都要朝铜像敬个礼。"

"我居然说过这样的话，我一点印象都没有了！"常宽一脸的感慨。

"我当时也是喝多了，说希望以后自己能开个小厂，下面也管个十几号人。"

"你现在不也开了个养殖场，下面管着几百只鸡鸭鹅吗？"常宽打趣道。

“嗨，我这种土包子，跟天哥比起来屁都不是！我记得当年在酒桌上，天哥指着窗外灯火通明的柯隆大厦对我们说，以后自己旗下的公司总部也要像柯隆大厦一样彻夜灯火通明。当时在座的几个工友都说天哥是在说梦话，但是我相信，天哥现在肯定已经做到了！”

“旺仔，没想到我当年酒后一句戏言，你居然记得这么清楚！”聂天说着，亲手给许德旺和常宽斟满了酒。

常宽好奇道：“天哥，那你现在公司总部是不是整晚亮着灯？”

聂天笑道：“现在是节能社会，晚上公司没人还开着灯干吗？不过，以我现在的实力，想把柯隆买下来倒也不是难事。”

许德旺和常宽不约而同地“哇”了一声，声音中有掩饰不住的惊叹和羡慕。

聂天也有些得意，笑道：“我们当年工作过的‘容山誉信电器厂’现在还在，不过已经改名为‘誉信电器有限公司’了。上个月我收到他们寄来的邀请函，邀请我参加 3 月 22 日的‘誉信电器四十周年厂庆’活动。我答应后，马上想到你们两个。咱们兄弟这么多年没见了，刚好借这个机会好好聚一聚。后天就是 22 号了，到时咱们一起去参加厂庆吧。”

许德旺摸了摸后脑勺，憨笑道：“天哥，你现在功成名就了，人家主动邀请你参加厂庆，也算是衣锦还乡，当然有面子。我这种庄稼汉，哪好意思去参加这种热闹活动？”

聂天还没说话，常宽接嘴道：“旺仔，你要这样想，可就见外了。这次厂庆活动，天哥是当仁不让的尊贵嘉宾，千里迢迢从上海赶过来，一是赏脸赴会，二是故地重游，三来也是想咱们老友重聚，乐呵一下。你看天哥现在发达了，还不忘咱两个，就冲着这份兄弟情，咱俩做下天哥的绿叶又算得了什么！”

常宽这么一说，许德旺马上明白他的意思，赶紧端起酒杯道：“你说得对，我们一起敬下天哥。”三人碰杯后，都一仰而尽。

三人边吃边聊，兴致勃勃，话题大都是当年在工厂时的趣事——虽然那是一段短暂的苦中作乐的时光，但回忆起来，似乎因为有了青春的柔光滤镜而令人难忘。

三人正聊得开心，突然不远处传来一阵歌声：“死了都要爱，不淋漓尽致不痛快，感情多深只有这样，才足够表白……”三人循声望去，只见一名卷发的流浪歌手正拿着把电吉他，用撕心裂肺的声音唱着《死了都要爱》。旁边围了几个闲人在看热闹。

聂天放下筷子，脸上表情有些异样。一旁的保镖见状，凑过来道：“老板，是不是太吵了？要不要我把那歌手赶远点儿？”

聂天摆摆手道：“这小子唱得还不错，你过去让他给我们唱十遍《忘情水》。”

保镖应了一声，走过去和那名歌手说了几句，给了两张百元大钞。歌手调了下音乐，没一会儿，伴随着动人的旋律，《忘情水》的歌声便响起了：

曾经年少爱追梦
一心只想往前飞
行遍千山和万水
一路走来不能回
蓦然回首情已远
身不由己在天边
才明白爱恨情仇

最伤最痛是后悔

……

聂天似乎被歌声所打动，也小声哼唱了起来，脸上那沉醉的表情像是陷入了对往事的回忆中。许德旺和常宽怕打扰了他的兴致，都停止了说话，各自想着事情。

听完一曲，在歌手喝水润喉的工夫，聂天这才回过神来，带着歉意道："不好意思，刚刚听得入神了，想起了一些往事。"

常宽道："天哥，你是不是想起了苏心雨？"

聂天愣了一下，反问道："你怎么知道？"

许德旺有些莫名其妙，问道："苏心雨是谁？"

常宽解释道："你不知道吗？誉信电器厂的老板是苏富成，他有一儿一女，儿子苏有贵，后来接了他的班，现在是誉信电器的老总；女儿苏心雨，年轻时长得可水灵了，号称誉信一枝花。"

"你说苏富成和苏有贵我还知道，可这苏心雨我怎么一点印象都没有呢？"许德旺纳闷道。

聂天缓缓道："你是 1994 年 5 月离开了工厂，苏心雨是当年 7 月才来的。那时她正好大二暑假，她爸安排她来厂里实习，还在我们车间待了一个月。那时候她真是年轻啊！"话里透出无限的感慨。

常宽道："天哥，你是不是凭借你的魅力，在那一个月里把她拿下了？"

聂天没有回答，叹了口气道："可惜我那时候是个穷小子，什么也给不了她。最终，她还是走了她父亲安排好的路！"说完，拿起面前的酒杯，一口干了。

常宽恍然大悟道："难怪天哥你 1994 年年底突然从厂里辞职

了，原来跟苏心雨有关系哦。”

聂天感叹道：“在厂里那两年，我悟出来一个道理：如果一辈子只是给别人打工，那永远都没有出头之日，有机会了我一定要自己做老板试一下，反正成功了，我就发达了；失败了，至少我努力过，也没什么好后悔的！”

常宽竖起大拇指道：“天哥，还是你厉害！敢作敢为！”

这时，许德旺突然想到了什么，插嘴道：“天哥，后来你再见过苏心雨吗？”

聂天道：“没有。我听说她大学毕业后又出国进修了一段时间，回国后她和苏有贵一起帮父亲打理公司，之后结婚了就不再参与公司事务。但是听说她婚姻不太幸福，十五年前就离婚了，此后一直在昆明深居简出。”

许德旺又问：“那后天的厂庆活动，她会出席吗？”

聂天点点头：“我让手下打听过，这个活动她肯定会出席。不出意外的话，她应该会坐明天的飞机回来。”

许德旺和常宽相视一笑，两人终于明白，聂天不远千里赶来参加这个活动，原来主要目的是见苏心雨。

伴随着流浪歌手“给我一杯忘情水”的歌声，三人的酒杯又碰在了一起。

由于晚上大家都喝多了，第二天上午十点多三人才聚齐，聂天在酒店附近找了个茶楼带众人喝早茶，顺便把午餐也解决了。

饭后，大家先回酒店睡了个午觉，两点半左右一起出门坐车，去顺德当地的清晖园游玩。清晖园是始建于明代的岭南园林建筑，占地面积 2 万多平方米，是岭南四大名园之一。园内构筑精巧，布局紧凑，移步换景，曲径通幽。加上导游全程生动详细的解说，三人一路走马观花、赏心悦目。

走到清晖园的主体建筑“船厅”时，聂天突然伤感道：“1994年年底我离开工厂前，心雨专门陪我逛过清晖园，我们在这里还拍了张合影。”说着，聂天从口袋里摸出一张老照片来。许德旺和常宽凑近一看，只见照片上的聂天和苏心雨正值青春年华，一个英俊潇洒，一个貌美如花，看上去确实很般配。

聂天叹道：“一别快三十年，也不知道心雨现在怎么样？”

常宽道：“天哥，明天你不就可以见到她了吗？你还可以邀请她来这里走一走，叙叙旧嘛。”

聂天笑了笑，没有说什么。

从“船厅”出来后，导游正要带三人去下一个景点，突然聂天手机响了，他接通电话，只听了几句就脸色大变。

放下电话后，聂天对身后的助理道：“现在回酒店，收拾好东西，我要马上去广州。”说完，又带着歉意对许德旺和常宽道，“我现在有急事，得马上赶去广州处理。今天没办法再陪你们了，下次找机会再聚！”

许德旺不解道：“天哥，那明天的厂庆活动你不参加了？”

聂天摇摇头道：“不参加了。”许德旺和常宽听了，目瞪口呆。

聂天匆匆离开后，许德旺和常宽在清晖园里继续逛着，都觉得没多大意思。两人不明白，聂天到底是碰上了什么十万火急的事情，要突然丢下老友，迫不及待赶去广州。

走得累了，两人在一个亭子的长椅上歇脚。许德旺打开矿泉水瓶，咕噜咕噜喝了几口。常宽拿出手机看信息。

突然，常宽一拍大腿道：“糟糕！”

“怎么了！”许德旺一头雾水。

“我刚看到一则突发新闻，说一架波音737客机在广西梧州坠毁。”

“这和我们有什么关系？”许德旺依旧莫名其妙。

“这架飞机是从昆明飞往广州的。天哥不是说过，苏心雨长居昆明，她今天会乘飞机回来。”

“你是说，她在这架飞机上？”

“我也不敢肯定，但从天哥刚才的表现来看，很有可能是。”

还是常宽反应快，马上上网查到誉信电器有限公司的电话，然后致电询问明天的厂庆活动是否正常举行。对方的答复是“公司领导现在外出广州处理一个突发事件，厂庆活动临时取消，给您带来不便深表歉意”。

许德旺和常宽面面相觑，都不知该说什么好。两人没想到，兴致勃勃地赶过来参加老友聚会，最后却是这么一个意想不到的结局。

此时此刻，在驱车赶往广州的路上，聂天除了让助理尽量把车开到最快外，就是一遍遍听着车内音响循环播放的《忘情水》，不经意间已是热泪盈眶。

给我一杯忘情水
换我一生不伤悲
就算我会喝醉
就算我会心碎
不会看见我流泪
……

山月不问人间事

跟华伟去云隐寺礼佛的半天时间内，方聿做出了一个很突然的决定：参加寺里举办的为期 20 天的禅修班，体验一下出家人的生活。

事后回想起来，方聿觉得自己这个决定并不是心血来潮，他实在太需要一个渠道来化解一下身上的戾气，要不然自己都快要疯了。临近不惑之年，几乎所有中年危机的典型症状他都遇到了：身体每况愈下，从脂肪肝、肾结石、腰椎间盘突出到前列腺炎，每年的体检报告都不忍直视；结婚十年，他和苏慧的感情已经走到了尽头，两人分居有段时间了，只差一份离婚协议；事业上，他本来在一家 500 强的房地产公司里混到了中层，前两年还春风得意马蹄疾，没想到今年在经济不景气和房产新政的双重打击下，一家市值上千亿的大公司一下子就到了破产的边缘，而他也在那 50% 的裁员名单之列……在这个屋漏偏逢连夜雨的时候，老友华伟提出来的礼佛之约让他动心了。

云隐寺算不上一个香火很旺的寺庙，因为位置比较偏僻，离省会越州有两个多小时的车程，加上还要走一段崎岖难行的山路，所以平日里去的香客并不多。

因为出发得早，九点半便到了云隐山。在山脚停好车后，方聿跟着华伟走起了山路。本来轿车可以开到云隐寺附近的停车场，但华伟说今天天气好，不如爬爬山吧。方聿同意了。

好久没运动，方聿走起山路来格外吃力，有一段甚至胸闷气短得厉害。赶紧歇了一会儿，喝了半瓶水，这才缓过劲来，跟着华伟继续走下去。

一路上，看着华伟如履平地的轻松劲儿，方聿不禁有些羡慕。他和华伟是大学同学，毕业后同年来的越州，找工作时运气都不错，一个进了房地产公司，一个考上了公务员。两人工作都忙，平时见面的机会也不多。三年前突然听说华伟辞职了，先给自己放了个半年的长假，把国内的名山大川可劲儿游了个遍，回来后开了个效仿古代私塾的“天雨流芳”国学研修室，一番经营后，据说在业内的口碑相当不错。不过三年时间，两人的生活状态就发生了翻天覆地的变化，想到这里，方聿心里不禁有些失落。

“你在体制内干得好好的，怎么想到辞职呢？”方聿终于问出了这个他一直想问的问题。

“就是有一天突然想明白了，这不是我想要的生活。”

“那你辞职总得有个诱因吧？”

“你要说诱因，也许是辞职前一个月我在云隐寺求了一签。”

“求签？你还信这个？”

华伟停下脚步，耐心说起了原委。原来云隐寺的签在善信中名气不小，它的签和别处的不一样，没有上中下之分，抽出来的签直接去拿签纸，对应的都是古体诗，不仅显得有文化，而且据说特别灵验，能够直指人心。那天华伟特意驱车数百里赶去云隐寺抽了一签，看到签纸后便下了辞职的决心。

“你那签纸上写的什么？”

下笔千言难倚马，何堪再摘黄台瓜。宦海沉浮心已倦，不若幽居画梅花。

看到诗后，华伟第一反应不啻当头棒喝，因为当时他还在市工商局，一个正科做了七八年，每天都是忙不完的文山会海、案牍劳形，干得整个人都快抑郁了。他很想辞职不干，却又一直下不了决心，没想到签纸上的几句话醍醐灌顶。加上住持澄慧法师为他解签时说了四个字“舍得，放下”，一下子他茅塞顿开，明白自己该怎么做了。

华伟正说得起劲，方聿突然道：“我印象中，抽签似乎是道观里利用阴阳、八卦、命理等方便信众预测功名、婚姻、平安诸事所设的，佛教应该没有这玩意。”

华伟笑了笑，解释道：“这你就不清楚了。佛教传来东土时，起初并无抽签一说。后来为了满足众生愿、扩大影响力、引众生入佛门修习佛法，才设了抽签这一方便法门。”

“那这也算是有中国特色的佛教本土化了。”

“入乡随俗嘛。”

云隐寺的住持澄慧法师是个身材中等、面相和善的和尚。华伟和他比较熟络，一见面就打趣道：“大师，我们这可是无事不登三宝殿，一有麻烦便想来抽签。”

澄慧笑道：“阿弥陀佛，求佛不如求己。”

华伟将方聿介绍给澄慧：“大师，这是我朋友方聿。”

澄慧点点头，冲方聿道：“你来得正好。”

这没头没尾的一句话让方聿吃了一惊，一时不知该如何回应。

稍事休息，澄慧带两人去庙里求签。

华伟求签很是轻车熟路，他抽到的这首诗是——

懒见俗人权托病，怕逢尘事诡逃禅。

闲中觅伴书为上，身外无求睡最安。

华伟看了后连声道好，笑着对澄慧说，今儿这签不用你帮我解了，总之句句都合我心意。澄慧双手合十，微笑不语。

方聿抽签前心里七上八下的，于是他对着佛祖祈祷了一阵子，希望不要抽到什么意头不好的签。然后，他抽到了这首——

老僧只合住深山，夜观星象日坐禅。
偶来佳客问佛法，且就苦茶洗胆肝。

“这签是什么意思？”华伟凑过来看，好奇道。

方聿也是不明所以，将求助的目光投向了澄慧。

澄慧仔细看了看签纸，摇头道：“不可说，不可说，一说即是错。”

方聿急了，指着华伟道：“大师，我朋友求您解签时，您好歹还给了四个字，怎么到我头上，您一个字都不肯给呀？”

澄慧盯着方聿的眼睛，缓缓道：“药医不死病，佛度有缘人。”说完欠了欠身便走了，留下方聿和华伟二人在原地一头雾水。

愣了一会，还是华伟先回过神来，打趣道：“不错，大师给了你十个字，比对我强多了。”

方聿似乎没有听到华伟说的话，兀自看着手中的签纸发呆。

中午，两人在寺庙旁边的一家“菜根谭”素菜馆里吃的斋饭。点了三个菜：藕然之间、黑松露杂菌锅和花开富贵。主食是五谷丰登。

也许是爬山消耗比较大，华伟吃完饭后又添了一碗。方聿却是一副食不甘味的样子，半天也没吃几口。

“怎么了，还在想抽签的事？”

方聿放下筷子道：“我看到寺里要举办一个为期二十天的禅修班，明天开班，我打算报名参加。”

华伟吃了一惊：“你这临时报班，一待就是二十天，家里和公司怎么办？”

“我和苏慧已经分居了，回不回家也没什么区别。我们公司的事你应该也知道，我现在已经失业了。”方聿尽量说得云淡风轻，但说到最后一句时声音还是有些哽咽。

华伟也不知怎么安慰方聿为好，斟酌着字眼道：“人生总是有起有落，你也不用太放在心上。你参加这禅修班，修身养性、调节心情，也是好事。不过，你可千万别动出家的念头，毕竟咱们还是俗人。”

“你放心，我这人酒色财气样样断不了，寺庙是不会收我这种人的。”

吃过饭后，华伟还有事，便开车回越州。看着华伟的车绝尘而去，方聿伫立在原地，久久没有离去。

和寺里谈临时入班进修的事倒是没费太大力气，华伟和澄慧法师提前打过招呼，方聿去经办那里填了张报名表，交完押金后，又按照规定上交了手机，领了一套僧袍和一把房间钥匙。

方聿办好手续，走进居士寮房。门上贴着一张《注意事项》，写着：来寺挂单，本不得已；行权方便，暂且随缘；三宝圣地，修德有功；扰乱他众，罪过无边。后面是需要遵守的相关规约，一共有十条。

进了房间，里面装修像是二十世纪九十年代的乡镇招待所，屋内仅有一床一桌和一张木椅，电视和网络都没有，很有点极简主义风格。往窗外望去，群山环绕，树木丛生，是个适合修行的清净之所。

方聿换上僧袍，在寺庙周边闲逛了起来。寺庙门口不远处有株三人合抱的大树，枝繁叶茂，盘根错节，看样子有数百年了，浓密的树荫遮挡了寺庙一角的天空。寺庙并不大，把后面的僧舍、寮房全算上，占地也就十余亩左右，被一圈两米高的绿瓦灰墙围着，在山林的庇护下，仿佛是一个不问世事的独立王国。

寺庙南边是一溜菜地，没有大树树荫的遮挡，享受着充沛的阳光雨露，各色庄稼长得格外喜人。整个菜地被平平整整地分成了七八块，似乎为了区分，每一块都种了不一样的蔬菜，有的是时下快要成熟的豌豆菜籽，有的是刚出苗的黄豆和花生，还有的是嫩绿的茄子。唯独有一块巴掌大的隙地上种的比较杂，玉米苗、南瓜藤、油菜、豇豆等菜蔬的嫩秧都有，一个六七岁的小男孩正蹲在地上，口里念念有词，似乎在和这些蔬菜交流着什么。

方聿看得好奇，走上前问："你在和它们说什么呢？"

小男孩见到陌生人倒也不怯，说道："我在跟它们说，不要老窝在土里，快点长大。"

方聿听了觉得有趣，又见这小男孩虎头虎脑的，忍不住逗他道："这些蔬菜迟早都会被做成菜肴送到人肚子里，你让它们快点长大有什么好处。"

"施主言重了，人生在世都逃不过一个死字，那么世人这么拼命活着又是为了什么呢？"

方聿愣住了，一时竟不知如何回答。活了半辈子，他还从来没有认真思考过"人活着是为了什么"这个问题，冷不防被小男孩这么一问，他一下子有种被当头棒喝的感觉。他好不容易回过神来，发现眼前空无一人，原来小男孩已经走开了。

接下来一周时间，方聿跟着禅修班，老老实实过起了出家人的修行生活。也许是之前已经做好了充分的思想准备，也许是这种“日出而作，日落而息”的生活方式让他疲惫已久的身心得到了一个很好的休养机会，这一周里，他感到无比放松和自在。每天六点便要起来做早课，十几个居士一起，在大殿里嗡嗡念诵。虽然最开始念得还有点不齐，听起来感觉杂乱无章，但时间久了，众人高低不齐的声音慢慢调和到一起，逐渐营造出一种庄严肃穆的气象来，听起来声势颇壮。云隐寺每天早课的内容并不固定，但最后都会以一个《回向偈》来收尾。于是几天下来，别的经文方聿没有完全记住，但这个《回向偈》倒是记得滚瓜烂熟了：

愿消三障诸烦恼，愿得智慧真明了；
普愿灾障悉消除，世世常行菩萨道。
愿消三障诸烦恼，愿增福慧与寿考；
普愿灾障悉消除，往生极乐菩萨道。
我昔所造诸恶业，皆由无始贪嗔痴；
从生语意之所生，一切我今皆忏悔。

寺庙里规矩众多，什么起香、止静、开静、开示等，不一而足。而在方聿看来，各种仪式活动，归根到底无非就是早课、晚课、坐禅参修、佛法宣讲等。反正他是随波逐流，领头的大和尚怎么做，他就怎么做，感觉有点“做一天和尚撞一天钟”的意味。这算是他走上社会后大脑最放空的一段时间，也是生活最规律的一段时间，一周吃斋茹素、早睡早起下来，不仅裤带明显松了一截，就连困扰他多年的失眠症也不治而愈了。

不过方聿发现自己最大的收获还不是这些，而是结识了春分。春分就是那天下午方聿在菜地遇见的小男孩。不知为什么，自从那天的一面之缘后，方聿就对这个小男孩起了强烈的好奇心——云隐寺里怎么会有这么一个年幼的孩子呢？

几天下来，和庙里的知客僧混熟了，方聿慢慢打听到这小男孩的来头。原来六年前的一天，澄慧法师一早起来开寺门，却听到婴儿的啼哭声，循声望去，发现寺门口竟然放着一个包在襁褓中的婴儿。澄慧大吃一惊，赶紧抱着婴儿去请示方丈明心长老该如何处置。明心长老见了婴儿道："这孩子母亲肯定是遇到天大的难事，不得已才舍弃亲生骨肉。也罢，我看这孩子也是与佛有缘，就收下他吧。"就这样，孩子留在了云隐寺，并被和尚们抚养大。因为入寺当日正好是春分第一天，于是孩子的名字就叫春分。

知道了春分的身世后，方聿对他不由得产生了怜悯之心，此后禅修期间，但凡有空，他便会去找春分聊上几句。春分也不认生，加上日常所见都是寺里的僧人，每天生活平平淡淡、波澜不惊，难得碰到个有故事的大叔，经常在面前晃悠，讲一些寺里听不到的趣事，倒也契合他作为一个孩子的心性。一来二去，两人便成了忘年交，得闲的时候便凑在一起谈天说地。

春分自小在寺里长大，连附近的市镇都未去过，听方聿将外面的世界讲得天花乱坠，不禁一脸憧憬。这天他听方聿讲得起劲，突然来了句："既然外面的世界那么好玩，那你为何还要来寺里静修呢？"

方聿想了想，答道："因为外面的世界过于繁华和喧嚣，大多数的人都在拼命追逐自己想要的东西，脚步走得太快，灵魂跟不上了，所以我想来寺里静一静。”

“那你现在心情平静了吗？”

“比刚来时好多了，但有些烦恼还是消不掉。”

“生老病死，人间四苦，每个人都免不了的、你也不用太放在心上。”

这是出家人常用来安慰世人的话，但从春分这么一个乳臭未干的孩子口中说出来，似乎没有多少说服力。方聿不禁笑道：“你还小，很多事情没有经历过。”

“那你带我出去见识一下呗。”春分话一出口，看到方聿一脸惊讶的表情，马上意识到不对，赶紧双手合十道，“阿弥陀佛，口出妄言，罪过罪过！”还没等方聿反应过来，春分已经转身离去了。

看着春分小小的身影渐渐远去，方聿心神激荡，喊道：“你想出去看看，我带你去！”春分转过身来，远远地朝他双手合十回了个礼，脸上看不清是喜是悲。

方聿动了这个念头后，顿时感觉一个全新的世界被打开，人生仿佛有了新的奔头。他也曾奇怪，为何自己会对一个素昧平生的小孩这么上心，直到一天晚上，他做梦梦见了当年苏慧难产时的情形，婴儿出生时脐带绕颈，在重症监护室里抢救了一天一夜，最终还是没能救过来。这件事给他和苏慧带来了严重的心理阴影，苏慧甚至还得了一段时间的抑郁症。之后，两人再也没有怀上过孩子了。算算时间，夭折的那孩子如果活到现在，差不多跟春分一般大。

主意一定，接下来便是做住持澄慧大师的思想工作了。方聿磨了一星期，澄慧一直不为所动，翻来覆去就是几句话“此事不合规矩”“春分与佛有缘，不宜入世”，等等。终于有一天，方聿说得兴起，不管三七二十一，冲着澄慧道：“大师，您也是在红尘里打过滚的，知道只有入世走一遭，明白众生皆苦，最后才能放下一切，真正的皈依我佛。而像春分这样，从来没有见识过外面的花花世界，就算他一直在寺里长大，恐怕也未必知道什么是悲天悯人和普度众生。”

方聿话音刚落，只见澄慧两眼一翻，朝他瞪了一下。他顿时心里发虚，赶紧道歉：“我口无遮拦，言语冒犯，请大师恕罪。”

澄慧长叹了一口气道：“你说得也有道理，虽然明心方丈在世时说过春分这孩子与佛有缘，但是少年心性，爱慕荣华，想出去看看也是人之常情。”

方聿喜出望外：“大师，您答应让春分和我下山了？”

澄慧没有回答，反而劈头问道：“你昨天是不是向寺里捐了十万元的善款？”

方聿急忙解释：“我听说寺里的罗汉堂因为年久失修、需要重新修缮维护，正向各方善信募集善款，我也想尽点绵薄之力，所以捐了十万元。”

澄慧点点头，沉吟片刻后道：“施主善举，功德无量。这样吧，就以一年为限，你带春分出去见见世面。一年后的今天，你带他回来，由他自己决定，是否继续待在寺里。”

方聿大着胆子问：“如果他不想在寺里待下去呢？”

“强扭的瓜不甜，如果是那样，也只能由他了。”

方聿心中大喜，双手合十道：“多谢大师成全！”

方聿带春分出寺的那一天，整个云隐寺的僧人都出来送行。

毕竟，春分从襁褓起便在寺里，大多数僧人都是看着他长大的，潜意识里把他当成自家的孩子，当下见他要出门远行，多少都有点不舍。

临别时，对着澄慧，春分只说了一声“师父”便哽咽了。

澄慧摸了摸春分的头，笑道：“下山也是修行，希望你走这一遭，最终能明白修行的意义。”

春分点点头。澄慧的目光转向了方聿。

方聿问：“大师，您有什么要和我说的吗？”

澄慧道：“莫生贪念，常思己过。”说完更不多言，抬头望天。方聿和春分顺着他的目光看过去，只见天边云卷云舒。